L'ACQUA
DELLA
MORTE

ADRIANA TORRES ARREGUIN

L'acqua della morte - Adriana Torres Arreguin.

Titolo originale: Agua de muerte (2020)

diritto d'autore.

È vietata qualsiasi riproduzione parziale o totale del contenuto di quest'opera.

Copertina: Adriana Torres Arreguin.

Alla mia famiglia,

quella con me e quella che è già partita.

UOMO

TU CHE VAI DOPO

LA CHIMERA CADUTA,

QUI FINISCE

LA VITA

E L'ETERNITÀ INIZIA.

Anonimo.

(Si legge all'ingresso del museo di

Momias de Guanajuato, in Messico)

SATIRO

"No one knows what is like, to be the bad man

to be the sad man, behind blue eyes "

The who.

Cammino per lo stesso isolato dalle 22:30 di notte. Mi sono talmente abituato all'odore di fogna di questo posto che non mi prendo nemmeno la briga di coprirmi il naso con la sciarpa d'argento. L'ostilità qui è sentita fino alle ossa. Le case, dipinte di messaggi contro l'Esecutore, sono al buio, offrendo un paesaggio grigio. Nessuno sano di mente oserebbe mostrare segni di vita, non in questo momento, mai in questa frazione di SyanL, non in questo periodo dell'anno. È novembre e la tendenza aumenta sempre alla fine, quando le persone sentono che non c'è niente da perdere e tutto da lasciare alle spalle.

Le strade di questo settore sono di puro cemento, pianeggianti e desertiche, i pochi alberi che ornano i marciapiedi non hanno una sola foglia appesa e il rumore dei miei passi è l'unica cosa che si sente. In lontananza, alcune ambulanze e sirene di pattuglia accompagnano quella che in teoria, in immagine, è una bella notte. Ed è, è davvero. Il caldo vento autunnale, intenso in SyanL, muove i miei capelli e prude gli occhi, che sono già irritati e arrossati. Riesco a guardare il SyanL Building of Justice and Courage, in piedi maestoso dal resto. Sy1 è la mia città e, come capitale, contiene tutti i dipartimenti importanti del governo di Cesare Tovar, Presidente del Paese. La sua vecchiaia è ingannevole e il suo volto nobile, simile a un saggio insegnante, con la barba grigia può far pensare a tutti che sia solo un vecchio innocente.

Lui non è uno di quelli.

L'ultimo scandalo è avvenuto stasera.

Lito Leggio è stato ucciso poche ore fa in un agguato che, come riportato dalla stampa sulle piattaforme ufficiali, era programmato da molti mesi. Lito aveva in suo possesso un carico di nove carri di whisky Joan Megghia, il migliore del paese e il mio preferito. Leggio si occupava del traffico di whisky nei settori poveri di SyanL, questo è proprio uno dei quartieri in cui ha operato, senza pagare tasse e ovviamente senza dare una sola moneta in omaggio al governo. Lito non è mai stato toccato dall'autorità, il suo viso sempre sorridente, non somigliava a un commerciante specializzato nell'orgoglio della nostra nazione: il whisky. Lui stesso la beveva molto continuamente, il suo viso ovale, con una mezza barba cresciuta, offriva sempre un gesto gentile, una mano protettiva e un bicchiere di Joan Megghia.

Lo hanno beccato a cena al "The Last Scotland", insieme ad alcuni dei suoi venditori e alle sue guardie del corpo. Lito è morto, l'ho visto cadere, ho visto il suo petto insanguinato e anche quelli che sarebbero stati i suoi prossimi compagni sono morti. Niente di straordinario, erano trafficanti, niente che andasse oltre quanto previsto dall'esecutore testamentario e dal presidente Cesare Tovar. Tranne ovviamente i giovani al tavolo accanto, appena arrivati a cena, o la famiglia che chiacchiera alla finestra. O i camerieri. Tutti danni collaterali che non appariranno nel servizio giornalistico di stasera. Impossibile leggere qualcosa che possa offuscare la perfetta missione dell'Esecutore.

L'unico che ha potuto lasciare il posto illeso è stata la guardia del corpo di Leggio: io.

Cammino per questo isolato dalle dieci di sera. Sono passate tre ore da quando il corpo insanguinato di mio fratello Lito è stato eliminato in "The Last Scotland", insieme ad altri corpi, distrutti dai proiettili d'argento dei fucili d'argento ufficiali del governo.

Ma SyanL è pace, dice Cesare Tovar. SyanL è progresso e anticipo, assecondato dal suo esecutore testamentario.

Cammino per questo isolato dalle dieci di notte e quando finalmente mi fermerò, non sarò più lo stesso.

ESTIRGE

"Running over the same old ground, what have we found?

the same old tears.

I wish you were here "

Pink Floyd.

Mi sono fatto male alle mani con il marmo rotto di alcune torri già danneggiate dal tempo. Non mi interessa, cammino furiosamente, calpestando le fottute tombe, con la voglia di sprofondarle sempre più in profondità nella fottuta terra dove i nostri morti dovrebbero giacere e riposare. Fanculo quel resto. Nessuno avrà mai una pausa, nemmeno dopo essere morto, nessuno con il peso che portiamo noi, i nati a SyanL, e mio padre mi ha portato come il carico più pesante di tutta la sua vita. Le croci d'oro sulle tombe brillano come lanterne.

Sento le lacrime bagnarmi le guance mentre continuo a camminare sui soffitti di alte lapidi. È agosto, che è ancora più incasinato. Il calore non si combina con il lutto. È insopportabile. Infine, mi fermo quando raggiungo una delle imponenti mura cimiteriali. Da qui, ai confini del Sy4, puoi vedere la città in tutta la sua bellezza. Una splendida città di provincia nel paese disordinato che è SyanL. Edifici splendidamente costruiti, con dettagli architettonici così splendidi che nessuno penserebbe che la depressione economica di qualche anno fa abbia colpito Sy4 così duramente da farla quasi morire. La mia amata città, la città di mattoni, la città ocra che ha edifici come questo stesso cimitero, famosa in tutto il paese, è così famosa che gente di altre città viene a seppellire i propri morti, in questo complesso cattolico, uno dei pochi rimasti , color oro e seppia che generalmente contrasta con il blu cobalto offerto dal nostro cielo nuvoloso. Ma non oggi. Agosto e il suo caldo opprimente, agosto e il suo fottuto caldo.

Improvvisamente non voglio più guardare la città, voglio tornare alla tomba di papà, dove solo un paio d'ore fa è stato sepolto per il suo "riposo eterno", in questa terra per cui ha imparato tanto ad odiare gli anni, o almeno così diceva sempre. Le fottute bugie sono state con noi per molto tempo. Soprattutto quelli su mia madre. Bugie che nascondono un passato che non voglio indagare, bugie che sicuramente continuerò a trattenere per tutta la vita, che fanno male quanto il fatto che papà se ne sia andato, che non sentirò più l'odore del suo alito di sigaro o dei suoi vestiti sempre profumato di Tino Tawrr, del suo whisky preferito o che non lo vedrò più sfogliare i documenti, con l'eterno desiderio di averli in scrupoloso ordine.

Voglio smettere di guardare il trambusto di Sy4, ma è bello e ho un fastidioso debole per il bello.

Ritorno sulle mie orme; Salto sotto il tetto della cripta che è accanto all'ultima casa di mio padre e la mia mente continua a indagare. I miei occhi si riempiono di nuovo di lacrime perché il vecchio se n'è già andato. Come se non bastasse, ha avuto la crudeltà di sganciare una parola bomba prima di partire. Una bomba di dolore. Prendo una manciata di sabbia che brilla quasi di giallo tra le mie dita e la lancio sulla lapide, sopra il nome di papà.

"Mi lasci incasinato, solo e incasinato. Non so cosa mi fa più male e come posso rivendicarti? Maledetti! come, se te ne sei andato?" Calcio la terra smossa sulla sua tomba, come se stesse davvero cadendo sui suoi occhi o sulla sua bocca, come se offendesse davvero la memoria del mio vecchio padre, quando sicuramente in paradiso o all'inferno doveva prendersi gioco di me e i miei capricci. *"Sei sempre stato un bambino, ti comporti da bambino, rispondi da bambino e pensi da bambino"* diceva, *"sicuramente quando ami lo farai da bambino e loro ti scoperanno senza pietà"*.

Sicuramente lo stava dicendo perché era così che gli era successo. Ma no, non ero più un ragazzo e stavo per farglielo vedere.

"E questa è, papà, l'unica volta che visito la tua tomba. L'unica" dico, indicando la lapide, come se vedessi i suoi occhi piccoli e castani su di essa, "Ti saluto, non tornerò più", lo fine. Ma quando mi giro per andarmene, vedo un ragazzo vestito con un elegante abito nero, con un mazzo di fiori in mano, che mi guarda divertito. Probabilmente ha 18 anni, la mia stessa età, semmai di un paio d'anni in più, indossa una cravatta color senape sistemata alla perfezione, mi risento per l'eccellenza della sua immagine in un giorno così triste come oggi.

"Vieni a combattere i morti? È una specie di terapia?" Dice, mettendo i fiori in una nicchia nell'elegante cripta che è accanto alla tomba di mio padre.

"Vaffanculo," rispondo e comincio a camminare, pronto per andarmene. Passandogli davanti, do una rapida occhiata all'iscrizione nella cripta: "In memoria di mio fratello, Lito Leggio" vi si legge.

SILFIDE

"Cause love is such an old fashioned word,

and love dares you to care for the people in the edge of the

night "

Queen.

Tengo le ali di una farfalla rossa tra il pollice e l'indice. È ancora viva e le mie dita solleticano quando cerca di muovere le ali. Ha punti bianchi sulla glassa che incorniciano le sue ali appuntite. Il suo corpo è nero e brilla alla luce del sole estivo. Mi piace contemplarli e con il tempo ho imparato a catturarli, anche se dopo un po' li lascio sempre volare, è il mio hobby. Oggi è sabato e non riesco a sopportare questa noia, ma è l'unico giorno della settimana in cui posso riposare, quindi esco in giardino e tengo le farfalle dalle ali per diverse ore. Il sole sta per tramontare e devo tornare indietro. Oggi è il giorno. Allargo le dita, liberandola, il corpo rosso che si schianta contro il cielo giallo che illumina Sy1 gli ultimi minuti del pomeriggio. Al contrario, la villa grigia mi aspetta.

*"Esercito Salvatori"*si legge un cartello laminato sopra l'ingresso principale, il dipinto sul portico un tempo era invitante, con un albero di melograno all'ingresso, ma oggi sembra arancione e vecchio. È incredibile che in cinque anni non abbiano fatto nulla per migliorare questo sito. I "salvatori" si lamentano ogni giorno di quanto sia difficile ottenere sponsor per sfamare tutti i bambini, giovani e adulti che vivono qui e non dimenticano mai di dire che non possono permettersi di spendere il loro piccolo reddito per frivolezze, come la sistemazione della facciata o letti o shampoo, o qualche coperta maledettamente decente per i rigidi inverni SyanL.

Pazze, pazze, pazze. È quello che penso, ma non glielo dico, anche se stavo per farlo una volta, quando volevano costringermi a donare i miei capelli per venderli.

"Venti centimetri di capelli rossi equivarrebbero a due settimane di pomodori e anguria per i bambini", mi avevano detto, ma non mi sono arreso. Ho sentito la loro conversazione quella stessa notte:

"È solo una bambina egoista e vanitosa."

"Se dipendesse da me", aveva risposto Salvadora Viridiana, "non solo le venderei i capelli, ma le strapperei gli stupidi occhi azzurri per toglierle la presunzione!"

Oggi è il mio ultimo giorno in questo posto di brave persone, non ho intenzione di dormire di nuovo su un materassino duro con i bordi graffianti, in una stanza che puzza di urina.

Entro nella stanza che condivido con altre ventisette persone: diciassette bambini, quattro donne incinte e quattro anziani. Vado nel mio angolo e metto via le mie cose preziose (non hanno un vero valore, ma... "sentimentali"), una farfalla color ciliegia secca, una molletta di metallo che brilla come se fosse stato un rubino e un maglione che non è terribile come il resto, ha immagini di mele sorridenti.

Con i jeans che indosso ora, basterà proteggersi dal freddo. Scelgo il momento, questo è tutto. Non c'è dubbio, tutti si stanno dirigendo verso le sale da pranzo e i Salvatori sono già lì, le loro tavole personali servite con i piatti migliori, mentre gli altri dovranno sicuramente mangiare pane ammuffito e frutta secca. Mi dirigo verso la porta d'ingresso, non che stia scappando, perché nessuno mi obbliga a stare qui. So che ho questo buco, mangi regolarmente, che hai un tetto per ripararti dalle tempeste che hanno colpito con forza SyanL a maggio, ma non rimarrò qui ad aspettare il giorno in cui i Salvatori decideranno di vendere i miei capelli e anche i miei occhi in preda a un attacco. No, preferisco soffrire il freddo, la pioggia, il sole che asciuga la pelle, il vento che arrossa gli occhi (almeno avrò gli occhi).

Quando apro il cancello e trovo il trambusto di Sy1, il rumore delle macchine e l'indifferenza della gente della capitale, mi fanno pensare che forse avrei dovuto lasciare il locale dopo cena.

Il crepuscolo decorato con gli edifici mi rallegra un po'. È la capitale, ci devono essere mille modi per sopravvivere, io ho solo diciannove anni e troverò milioni di opportunità, sono sempre alla ricerca di giovani. Anche se forse non in queste strade. Il rifugio si trova nella parte bianca di Sy1. Lo chiamano così per la sua situazione caratteristica di essere un settore senza una chiara conquista di autorità su di esso. Così si esprimeva Salvadora Rocío ed è evidente che aveva ragione.

Sui marciapiedi ci sono i carrelli di vendita, offrono diverse cose: Nexus UP che sono praticamente nuovi, NexNotes anche con il suo packaging e alcune delle auto vendono Whisky di tutti i prezzi: Joan Mheggia, Nikolak Leeving, Tinno Tawrr e Jooly Rodz sono i più costosi di SyanL, ma qui vengono venduti a metà prezzo.

È strano: sono residente a SyanL, nata nella capitale e ho assaggiato il whisky solo una volta nella mia vita. Quando ho compiuto sedici anni, i Salvatori hanno celebrato la mia giornata con una festa alla quale non ero stata invitata, come gli altri membri del rifugio. Verso le undici di sera tutti si addormentarono ei Salvadora mi dissero che potevo mangiare un po' del pane avanzato dal mio compleanno, purché mettessi via i piatti dalla tavola. Ricordo che c'era la bottiglia di vetro rossastra lunga e sottile con un solo bicchierino di Jooly Rodz, uno dei migliori whisky di sempre. Mangiai il pane più in fretta che potevo, quasi soffocando per la sua secchezza, perché quello che stavo esortando era di assaggiare finalmente ciò per cui SyanL era apprezzato sul pianeta: il suo whisky.

Ho svuotato il contenuto della bottiglia in un bicchiere pulito e ho bevuto un sorso. Il sapore mi era penetrato in gola, facendomi tossire e sputando un po' di pangrattato. Ho guardato intorno al tavolo, le bottiglie d'acqua erano ancora sigillate ei Salvadora mi avrebbero ucciso se avessi osato aprirne una. In un angolo del tavolo c'era mezzo succo di lime di una delle signore, a cui non piaceva il whisky perché era di LaGem, non di SyanL.

Ho riempito il bicchiere con la bevanda agli agrumi e ancora oggi posso assicurarvi che non c'è niente che sia una combinazione così esatta di forza e dolcezza, perfetta e ideale.

Ora passeggiando per questo quartiere, mi chiedo come lo berrà chi lo compra qui, chi può comprare whisky solo per mano di un commerciante.

Mi allontano dal trambusto della vendita e mi infilo in una stradina. La luce delle lanterne è debole, alcune lampade si illuminano di giallo e altre sono completamente spente. Mi volto per vedere quanto mi sono già allontanata dai mercanti ed è quando vedo la figura di un uomo, a pochi metri di distanza. È la prima volta che esco dal rifugio, eppure sento di non essere mai stata così in pericolo come adesso. Non sto affrettando il mio ritmo e non ho tempo per pensare che sia un errore non farlo. Una mano mi tira e strappa il maglione che tanto ho tenuto al sicuro in questi mesi. Urlo forte, sperando di attirare l'attenzione dei mercanti ma vengo messa a tacere da un violento colpo allo stomaco. Non riesco a respirare, cerco di guardare da qualche parte e non ci riesco, sento un dolore infinito alle costole e sento il rumore di un motore, i miei occhi sono bloccati dalle lacrime, il corpo che era su di me viene rimosso e vedo che corre verso strade ancora più buie. Tra le dita della mia mano destra sento una mano calda che mi stringe e nella mia sinistra, il maglione strappato, svaniscono.

DRIDER

"I am stepping through the door

and I'm floating in the most peculiar way,

and the stars look very different today "

David Bowie.

Mi piace visitare la mia amica. Non ho amici, mamma e papà non me lo lasciano. Le mie feste di compleanno non sembrano le mie, piuttosto sono le cene dei miei genitori, come quando dicono: "Abbiamo una cena di lavoro, non ci andranno altri bambini, solo genitori più grandi e signori". Ci sono sempre più persone in abito nero ai miei compleanni che a un funerale. Sono già un adulto, ho quasi dieci anni. Mi spiegano anche come se fossi stupido. Non lo sono, sono intelligente, ecco perche non vado a scuola, gli insegnanti vengono a casa mia, perché tutti vogliono insegnare a un ragazzo così intelligente. Si, ho già capito come sono fatti alcuni programmi di

NexusDesk e uno di Nexus UP, quello che cerca di costruire un cubo per formare la mappa di SyanL con vari colori su sfondo nero. Mi piacciono i programmi e la tecnologia. Papà dice che sebbene SyanL abbia una buona reputazione in questo, Toot è un paese molto più avanzato in materia. Ma non mi interessa visitare Toot, e ancor meno viverci, Toot è noioso.

"C'è un nuovo ragazzo a scuola", mi dice Corina mentre cammina per la biblioteca, guardando i dizionari ei traduttori che suo padre tiene negli scaffali.

"Qual è il suo nome?" le chiedo, fingendo che non mi importi che lei vada a scuola e che conosca anche altri bambini. La immagino con indosso l'uniforme della gonna nera e il maglione blu, con lo stemma di SyanL su un nastro intorno al braccio.

"Non lo so, non ci ho prestato attenzione", risponde, afferrando un libro di storie mitologiche. Sono sollevato di sapere che non ricorda nemmeno il nome. Lo chiamava anche "nuovo ragazzo", non amico. Io sono suo amico.

"Vuoi leggere?" Lei dice. La verità è che non voglio, ma non vorrei che si arrabbiasse o pensasse che sono stupido e non leggo perché non frequento una scuola, come lei. Ma lei sa che non dipende da me. Mamma e papà non lo permetterebbero mai. Lo dico sempre, è perché sono molto intelligente, ma la verità è un'altra. Non so quale sia la verità, so solo che un giorno ho sentito mio padre dire a mia nonna che era pericoloso e che non avrebbe messo a rischio me, il suo unico figlio.

Capisco papà, forse andare a scuola è pericoloso, puoi cadere e grattarti, puoi vomitare se il pranzo non ti soddisfa, puoi litigare con un bambino che vuole fare amicizia con Corina, puoi prendere qualcosa o puoi fare l'urina i tuoi pantaloni. Corina mi ha detto che questo è successo a una delle sue compagne di classe un paio di anni fa. Quindi capisco papà.

"Sì," rispondo finalmente a Corina, "ma per favore, il libro dei tipi di ragni nel mondo," chiedo. Alza le spalle ma si alza per il libro che le ho chiesto, è un volume ampio che contiene immagini di ragni, indicando le loro caratteristiche, il luogo in cui si trovano, i loro veleni e le dimensioni.

La guardo. Corina ha molti capelli, il colore del legno. Ma la sua risata è migliore, ride sempre e i suoi begli occhi. Sorrido quando la vedo venire con il libro dalla copertina nera. Non so ancora che questo sarà l'ultimo sorriso che avrò da molto tempo.

Non lo so ancora, quella notte è l'ultima che vedrò Corina finché non avremo entrambi diciassette anni.

Non so ancora che il padre di Corina si sta dirigendo in biblioteca con il peso di notizie terribili che cambieranno la mia vita per sempre. Con un'ombra che mi perseguiterà d'ora in poi.

Non so ancora che vivrò a Toot per qualche anno, con mia nonna.

Ancora non so che mezz'ora fa i miei genitori sono stati assassinati da un gruppo di rapitori.

Non so ancora che quei rapitori mi stessero cercando.

Non so ancora che mamma e papà hanno appena sacrificato la loro vita per proteggermi.

Non so ancora che sto per iniziare a odiare il mondo.

GORGONA

"And she promises the earth to me and i believe her,

after all this time, i don't know why "

The Beatles

Nessuno mi ha detto niente e li odio per questo. Li odio tutti, spero che muoiano. Girano per il soggiorno, per la cucina, andando di qua e di là, portando caffè e zucchero nelle tazze di porcellana color smeraldo della mamma. Non mi sono mosso da questo lato della sedia, aspetto al telefono. Mia zia Tony cammina portando un vassoio di tazze, offrendole con un sorriso educato. Anche io la odio. Odio il suo gesto di avere tutto sotto controllo, la sua aria di essere la persona a capo della mia casa in questo momento.

Una fugace sensazione di stanchezza mi fa sbadigliare, non dormo da trentasei ore ed è una delle cose più difficili. So che devo dormire, cercare di riposare, ma non posso. Non posso sprofondare in quello, in quell'altra realtà che è il sogno, solo per svegliarmi più tardi e rendermi conto che nulla è cambiato, che la casa è ancora piena di investigatori del governo, di agenti di classe A in tuta militare e solidarietà familiare a me , povera Corina. Non voglio dormire per svegliarmi e affrontare il fatto che i miei genitori e i miei fratelli sono ancora scomparsi.

Non voglio più dormire, ma non voglio nemmeno stare sveglia, sono stufa di questa sfilata di sconosciuti, inoltre nulla mi assicura che non sia stato uno di loro a pianificare in qualche modo la scomparsa della mia famiglia. Non sarebbe la prima volta che accade in SyanL. I miei genitori sono soci in affari attivi dell'azienda di whisky Tino Tawrr. Papà ha ereditato la sua parte dal nonno, che riposa in pace. Era un socio di maggioranza, anche se non sempre lo era. Mio padre era ancora un bambino quando il nonno iniziò come custode delle botti e della loro cura. Gli piaceva comprare un barile e farselo detrarre dal suo stipendio mensile. Lo ricordo quando era molto vecchio, solo, nell'ultima stanza della sua casa, seduto sulla sua sedia verde e asciutta. Nessuno tranne lui si è seduto lì. Bevve il suo whisky in un bicchiere rotondo color giada e suonò musica antica. Gli piaceva la sua sedia, ma non le sedie a dondolo, perché diceva che erano per persone decrepite. Il pensiero nella mia testa fa male: voglio vedere mio padre invecchiare, mia madre e i miei fratelli. Ora non so se lo farò.

Ricordo mio nonno che si addormentava, dopo aver bevuto il suo whisky, in quell'intimità del sogno, così perso e sciolto in quello stato di statua.

Non voglio dormire. Mi copro il viso con le mani, i miei capelli sono un groviglio di capelli sciolti che più di un giorno fa erano stati inumiditi dalle lacrime che mi hanno riempito il viso quando l'ho scoperto. La mia famiglia è scomparsa da trentasei ore, sembrano scomparse dalla faccia della terra. Non so se sono ancora vivi, non conosco lo scopo di questo, non so niente, e l'unica cosa che voglio è un miracolo o morire.

Mia zia Tony si siede accanto a me e controlla il suo Nexus.

"Ancora niente, tesoro," dice, senza guardarmi, "niente..." sospira. La odio, odio il suo rossetto viola, che contrasta con il limone che succhia dopo aver aggiunto lo zucchero, i suoi gesti sono molto festosi per questi momenti, odio il suo filtro con l'ispettore Waltz. Odio tutto di lei, odio che il suo viso sia simile a quello della mamma, ma con gli occhi verdi. Gli occhi della mia mamma sono marroni e sorridenti. E sì, dico sono, al presente, perché voglio che siano vivi, perché darei la mia faccia, le mie mani, tutto, darei la mia vita perché avvenga un miracolo e vederli entrare da quella porta. Diciassette anni sono solo pochi per affrontare la perdita di tutta la mia famiglia. Ricordo ancora il pianto, la rabbia, la dura tristezza quando ho perso mio nonno e non voglio più riviverla.

io non so perché accadono i miracoli, ma guardo verso l'ingresso, desiderandone uno con fervore. E succede.

Mi confonde vederlo, e so che è lui, anche se sono passati anni. L'ultima volta che ho visto quei capelli, l'ultima volta che ho visto quei grandi occhi grigi che sembrano racchiudere tutto. L'ultima volta che ho visto quella pulizia della personalità, anche se allora ero solo un bambino, quando potevo solo offrire la mia spalla per piangere e poi nient'altro, non una parola, niente.

Mi giustifico: ero solo una bambina, come lui era soltanto un bimbo, ero immatura, infantile. Ma il senso di colpa, sebbene sfocato, mi ha seguito ogni notte: era il mio migliore amico e io non c'ero quando aveva più bisogno di me.

Oggi che ho pensato di morire, per la prima volta nella mia vita, appare qui.

Mi guarda, so che c'è qualcosa di diverso e non so se è colpa o se siamo uniti da un dolore che ho paura di sentire, ma che è un carico pesante che porta da quando avevamo sette anni vecchio: la tristezza di essere soli. La malinconia del passato si riflette nei suoi grandi occhi grigi.

Quando si avvicina a me il primo pensiero è che mi abbraccerebbe, come hanno fatto tutti quelli che ora camminano per casa mia con la faccia preoccupata, ma non succede così, invece mi tiene la testa con entrambe le mani e guarda dritto ai miei occhi.

"Mi dispiace" dice "Mi dispiace tanto, sono entrato quando l'ho saputo," mi lascia andare, e ora siamo solo due persone che si conoscono, ora sembra che non ci sia più traccia dell'intimità che è condiviso tra amici.

"Non sappiamo ancora niente," spiego, senza stabilire un tono di voce, non so come parlargli e mi fa arrabbiare preoccuparmi di quello, di una cosa del genere, in un momento in cui non so se la mia famiglia vive.

"L'ispettore Waltz mi ha detto che hanno già esteso la ricerca a LaGem e Toot, se non si presentano domani continueranno a La Costa," spiega, per un attimo mi allarma che l'ispettore sia stato così esplicito con lui, ma come potrebbe non esserlo. Ora lui, Adolfo Noots, è l'unico erede della fortuna e dell'impero dell'azienda di imbottigliamento Jooly Rodz. So che gli zii di Adolfo gestiscono l'azienda e che lui ha vissuto nell'ombra, visto che è ancora scrupolosamente protetto, perché dopo quello che è successo con la sua famiglia, SyanL non può permettersi di perdere il nucleo di un'azienda così importante. Tutti i soci dell'azienda sperano che quando compirà ventuno anni, rilevi l'impianto di imbottigliamento.

"Ti capisco e ti offro tutto il mio supporto in qualunque cosa tu abbia bisogno", dice, prendendomi la mano e stringendomi dolcemente. La zia Tony ci osserva con interesse mentre offre del tè alla menta ad alcuni parenti appena arrivati. Ignoro il suo sguardo curioso.

"Grazie," rispondo, mi vergogno con Adolfo, in tutti questi anni non ho mosso un dito per cercarlo, per comunicare con lui. E il suo comportamento è totalmente diverso, visto che alla mia prima crisi, eccolo qui e non so cosa dirgli. Lo abbraccio e lo sento mormorare:

"Non preoccuparti, tutto cambierà presto, lo cambieremo noi."

ONDINA

"Maybe I'm learning why the sea on the time has no way of
turning "

Roxy Music.

Mia madre dice che ho un fratello di nome Diego. Non le credo.

"Diego deve avere circa vent'anni" Ormai due anni, Viviana, a differenza di te, lui è sempre stato entusiasta del suo compleanno, come dovrebbe essere," condivide e fissa con espressione assente, gli occhi fissi su un passato in cui ricorda un membro della famiglia che non ho mai saputo.

Vado in cucina e scaldo l'acqua in una tazza di fine porcellana rosa. È uno dei regali del suo matrimonio all'uomo che ha sostituito mio padre, l'unico che ho potuto salvare quando mia madre si è liberata di tutto ciò che aveva a che fare con lui. E lo ha fatto con una buona ragione. Ci spargo sopra una polvere nell'acqua che diventa istantaneamente color corallo e la bevo così. Questa atmosfera solitaria è triste, qualcosa dentro di me fa male quando sento il silenzio che circonda me e mia madre. Salgo in camera mia portando la tazza di tè malva ed evito il suo sguardo, che è ancora fisso sulle foto di famiglia d'altri tempi. Il muro è pieno e da nessuna parte appare quel Diego di cui parla così tanto.

In momenti come questo vorrei sapere come divertirmi in qualche modo. Non ho libri, tranne un romanzo d'amore e quelli che fanno riferimento alla scuola. Non sono mai stata una grande lettora e non ho intenzione di diventarlmi. Ciò che manca alla mia vita è l'emozione, non la lettura. Penso di ordinare le mie scarpe seguendo uno schema di colori o stili. Le scarpe ne ho abbastanza e ogni tanto mi diverto provandole, usando diversi tipi di vestiti, ma l'ho fatto così tante volte che non so più come abbinarle.

A diciassette anni, avere un armadio pieno di vestiti e scarpe deve significare una specie di successo. I miei amici condividono lo stesso hobby e quindi non mi sento così sola come quando mia madre mi ignora, pensando a un presunto fratello di cui non ricordo l'esistenza, ma che oscura il mio posto in questa casa.

"Vivi!" Mia madre mi grida, deve essere già uscita dal suo tempo letargico pieno di nostalgia. Voglio capirla e voglio che bastino la sua presenza e i suoi momenti di affetto, ma non lo sono, e non è colpa sua. So analizzarmi e dentro di me mi permetto di essere onesta: non sono felice.

"Apetta un minuto!" Dico, indosso il maglione fucsia e controllo l'ora, sono le sei e quaranta, è l'ora della routine quotidiana: vai alla SyanL Investigation and Loss of People and Property Station. Andiamo ogni giorno per raccogliere nuove informazioni dal sistema. Possiamo avere accesso solo dai Nexpad di quell'edificio, per motivi di sicurezza.

"Faremo tardi," mi dice, non percepisco rimprovero, ma genuina preoccupazione.

"Scusa" rispondo comunque per scusarmi. Lei non risponde, prendo le chiavi della macchina e mi affretto alla porta, anticipandola, volendo constatare di essere stata puntuale.

"Vorrei che tuo padre avesse lasciato delle informazioni su Diego, ci renderebbe la ricerca più facile", dice, una volta che siamo in macchina, sulla strada per la Stazione.

"Sì, lo so" La imito, ma non condivido questa opinione. Sarebbe stato impossibile per papà lasciare qualsiasi dato ed è questo che mi infastidisce tanto: che mia madre invece di piangere per lui, avendo mantenuto un lutto rispettabile e devoto, si sia ossessionata da Diego fin dal primo momento.

L'edificio dove si trova la Stazione è alto, come il resto dei reparti ufficiali di questa frazione di Sy1. Gli edifici sono bianchi, come nella Sanità, non c'è goccia di colore né di vita. Molto diverso dal settore artistico, o governativo e soprattutto nel settore degli affari, dove le compagnie di Whisky hanno sede in edifici di mogano e bianco sporco, di una bellezza maestosa come i vecchi teatri greci, con un tocco moderno e tecnologico.

Mi muovo nel parcheggio finché non trovo un posto libero. Mia madre è, come al solito, assorta nei suoi pensieri.

"Spero che oggi sia il giorno," dico cercando di sembrare lei.

"Spero che lo sarà", risponde, scendendo dall'auto. Mi chiedo per un momento: se sparissi improvvisamente, mi cercherebbe con la stessa ansia e dedizione?

"Viviana, sono già le sette, abbiamo solo mezz'ora per usare l'attrezzatura e fare la ricerca," mi affretta fuori dall'auto.

È vero, col passare del tempo, ci viene concesso meno tempo per cercare i sistemi. Sei anni fa avevamo tre ore, ora ne abbiamo solo la metà. La mamma abbraccia la cartella con le informazioni raccolte mentre saliamo in ascensore. La lista con il record di 552 Diego che avrebbe l'età che secondo lei dovrebbe avere mio fratello: venticinque anni.

Abbiamo fatto alcune ricerche in casa, ma i risultati di Nexpad e Nexus privati non sono così affidabili, poiché creano false informazioni che vengono lasciate in rete, informazioni che potrebbero non essere accurate. Mia madre lo sa molto bene, ma non vuole perdere la speranza. Quanto a me, l'ho perso io stesso da molto tempo fa. All'inizio ero entusiasta della possibilità di avere un fratello, di cercare instancabilmente con mia madre e poi di incontrarlo, come nei film, ma non più. Comincio a stancarmi di guardarmi dall'esterno e di osservare la depressione che riempie la mia casa da anni. E non per mio padre, come dovrebbe essere, ma per qualcuno che non sono sicura esista. Non lo troveremo mai, nel caso la sua vita fosse reale, so che non lo rivedrà mai più e che non lo conoscerò mai. SyanL, oltre ad essere famoso per il whisky, è anche famoso per essere uno dei paesi con il più alto numero di sparizioni segnalate, dovute soprattutto alla criminalità. Ma Diego potrebbe essere fuggito, potrebbe aver assunto una personalità diversa o potrebbe essere già morto.

Entriamo nella stanza delle ricerche, è piena di persone che vengono alla nostra stessa cosa. Cerco un posto, camminiamo tra i cubicoli, in alcuni ci sono fino a cinque persone ammassate insieme, niente di strano vedere un'intera famiglia che cerca qualcuno. In altri c'è solo una persona ed è più triste. Mamma ed io abbiamo finalmente trovato 03087N gratuito. Si precipita ad accendere il Nexpad che risponde subito, dando un benvenuto meccanico:

"BENVENUTO, CITTADINO, PER ACCEDERE AL SISTEMA, INSERIRE LA TUA PASSWORD" indica la voce sordo della registrazione. La mamma segue le istruzioni e digita quattro numeri e due lettere.

"BENVENUTO CARMEN METZOL, RICORDA CHE QUANDO UTILIZZI IL SISTEMA DI RICERCA SYANL, L'ACCESSO PER AVERE I TUOI DATI E LE RICERCHE VERRANNO MEMORIZZATI AI FINI DI MIGLIORAMENTO DEL SERVIZIO" continua la voce, la mamma si spazientisce e con il dito preme il bordo inferiore dello schermo, accedendo al protocollo, la voce fa una pausa, *"GRAZIE,"* ci dice infine, offrendoci a video il motore di ricerca SY4000. La mamma inizia a cercare e io segno il nome del prossimo Diego sulla lista con un pennarello rosa.

"Nel nome del Santissimo Sacramento", mormora mia madre, salvando quel cattolicesimo che ricorda solo quando cerca Diego. Quando la vedo, provo una voglia terribile di piangere, di urlare, di uscire di lì, di abbandonare tutto. Ma non riesco a immaginare come potrei, né mi vedo il coraggio di abbandonarla. Lo schermo mostra informazioni su questo nuovo Diego, ma la data di nascita non corrisponde.

"Potrebbe essere un errore, è normale che a volte i record nella rete abbiano il numero sbagliato," dice e sceglie l'opzione Cerca nel dettaglio. Annuisco, anche se lei non mi vede. Le voci nel cubicolo accanto attirano la mia attenzione, cerco di ascoltare.

"Non funzionerà" è la voce di una ragazza, mi giro discretamente, sono brava in questo. La vedo e la sua stessa presenza mi stupisce, ha lunghi capelli castani, e i suoi occhi, anche da questa distanza, sembrano intensi e preoccupati.

"Il matto è quello che non ci prova", dice un ragazzo accanto a lei, ha lineamenti definiti e capelli lisci che gli intralciano gli occhi, che sembrano più piccoli quando sorride. Il suo aspetto mi rende nervosa, anche quando non mi guarda.

"Non lo so, ho paura di trovare qualcosa che possa ferirmi".

"Così sei tu" dice l'altro che è con lei, ha la pelle abbronzata e grandi occhi grigi, "da quando eri bambina sei così" continua, che a loro differenza, veste elegantemente, indossa un completo nero e una cravatta rossa, con una piccola clessidra disegnata nel nodo.

"È piuttosto una caratteristica in quasi tutte le persone di Sy4, mio padre era così, e credo di esserlo anche un po', anche se non in maniera così estrema come te, Corina" chiarisce quella con i capelli lisci, che indossa jeans e una felpa color miele, che nonostante la sua semplicità gli sta bene.

"Non capisco cosa ti fa pensare che troverò qualcosa qui. Gli stessi leader del team di ricerca SyanL stanno conducendo un'indagine", dice nervosamente. Ha i capelli sciolti, qualche ciocca le sfiora il naso e le guance, ma non sembra che le dispiaccia. Non so cosa mi spinga a disfare la mia treccia in quel momento, in modo che i miei capelli assomiglino ai suoi. Non sono sicura che sembrerebbe lo stesso, dal momento che il suo sembra lucido e spero che lo sia anche il mio.

"Andiamo" chiede, spero che gli altri due non la ascoltino, non voglio che se ne vadano, per qualche motivo ho bisogno di continuare ad ascoltarli.

"Fai una sola prova" dice quello con i capelli lisci, "per favore".

"Ho paura, Jimmy," lo guarda, "mi sono abituata all'idea che sono ancora vivi e che un giorno torneranno, senza cercare, senza fare nessuno sforzo," dice, loro? A chi si riferisce? Amici? Famiglia? Sembra troppo giovane per avere dei figli. Forse si riferisce ai suoi fratelli. Mi fa sorridere che lei possa trovarsi nella mia stessa situazione. Non so perché, ma mi piacerebbe. Sento lo sguardo del ragazzo con i capelli lisci e i jeans su di me, ha capito che li stavo ascoltando. Mi osserva mentre mi analizza e sento che non ho mai sperimentato una cosa del genere in vita mia, in questo momento, quando porto i capelli sciolti come lei, e gli occhi castani profondi sono su di me.

CAPITOLO

1

Ho due regole che sono più importanti di qualsiasi procedura ben assemblata nella testa di Drider: sii discreto, sii veloce.

Le persone camminano e sento la loro energia, è contagiosa e questo mi motiva, alzo lo sguardo e il grigio intenso del cielo mi colpisce negli occhi. I miei lunghi capelli, di solito ribelli, ora sono raccolti in una coda bassa, proprio come quella della ragazza di fronte a me o quella che cammina dietro di me, o chiunque altra. Si vestono tutti di nero, proprio come me, penso che ci siano quasi 40.000 persone, che cantano tutte lo stesso grido chiedendo giustizia per Sy1 e Sy3. Rallenta il passo e mi sposto lentamente verso destra, poi la vedo: la porta verde che Estirge mi ha mostrato sulla mappa un mese fa è appena visibile e se non me l'avesse mostrato non sono sicura che avrei potuto localizzare ora. Continuo a scivolare lentamente quando sento la sua voce nel minuscolo auricolare, che mi sono infilato nell'orecchio, ha le dimensioni di un neo, appena percettibile.

"Gorgona, vedi la porta?" Dice, mi schiarisco la voce una volta, così che il micromicrofono sul collo, un altro neo, trasmetta l'informazione "perfetto" continua "è chiaro, ci vediamo sul tetto tra tre minuti" finisce e io ho ammettere, il suo aiuto è molto utile.

Attraverso la porta mentre fuori le persone continuano ad avanzare, sento ancora sulla pelle l'intenzione della loro furia e con essa una certa soddisfazione per quello che sto per fare. Estirge aveva raggione, l'edificio è vuoto, ma prima di salire le scale guardo con attenzione: non ci sono sensori in vista e i mirini circolari con i colori SyanL, blu e oro, sono stati disattivati. Non so se fosse azione di Estirge o Drider, ma non importa.

Mi infilo il cappuccio del cappotto e mi attacco al muro salgo le scale con la mano destra in tasca, per ogni evenienza.

Fuori la protesta continua e nonostante fosse stata annunciata mesi fa, l'Esecutore testamentario della giustizia e del comando ha insistito per tenere il suo discorso annuale. La gente lo odia dalla più profonda scheggia delle loro ossa, specialmente quelli che sono stati puniti da SyanL e sebbene il Presidente sia quello in prima linea, quando si tratta di realizzare La notte delle punizioni, è l'esecutore che vediamo in SyVisión, è il suo volto incaricato di leggere i nomi dei puniti, prima della loro esecuzione o in occasioni meno gravi, della confisca dei loro beni. Un rumore mi fa fermare, sento quel solito groppo in gola, ma è solo il vento a muovere dei vetri rotti. Non succede niente, mi dico. Vedo la porta che porta al tetto e ancora attaccata al muro ci arrivo.

"Estirge?" sussurro prima di aprire la porta.

"*Vorwärts*" risponde, in tedesco. Ognuno di noi ha una lingua antica assegnata per quell'unica indicazione: andare avanti. Il suo è tedesco. Apro la porta e lo vedo torace terra vicino al bordo, che si copre con un ferro vecchio e traballante, i capelli scompigliati dal vento.

"Devi mettere il berretto della tua felpa con cappuccio, i tuoi capelli si vedono da mille chilometri" dico avvicinandomi, ed è vero, i suoi capelli arrivano alle orecchie e si muovono molto. Imito la sua posizione a terra mentre vado accanto a lui.

"*Focus* Gorgona, non puoi fallire in questo, sono 200mila per te e 100mila per me"

Non dice altra parola, le persone venti piani sotto continuano ad avanzare nel loro movimento, mostrando una rabbia intensa. Riesco a leggere dei cartelli:

GIUSTIZIA SENZA SANGUE!,

UN WHISKY VALE PIÙ DELLA MIA VITA,

MIO FRATELLO È MORTO PER UNA BOTTIGLIA RUBATA,

LA NAZIONE È UN KILLER!,

SYANL: CORRUZIONE E CRUELTÀ!,

VOGLIAMO VIVERE L'ALTRO…

Tutti sono giusti, tranne il primo, la giustizia richiede quasi sempre il sangue.

Lo vedo, vedo la scena completa, l'esecutore testamentario Maurice Mon De Plaza ha preso posizione, è con più persone del governo, sono tutti vestiti con eleganza e pulizia… *non guardateli a lungo, basta registrare l'ambiente nella testa,* quelle sono le parole di Estirge a cui non ubbidisco mai.

Con la cura con cui viene portato un bambino, prendo dalla tasca destra l'arma d'oro, una pistola d'oro900, il contatto con la mia pelle l'ha resa calda. Miro e socchiudo gli occhi, il colore brillante dell'arma si fonde nella mia visione con la faccia dell'Esecutore. Quando sparo non si sente alcun rumore, ma in pochi secondi Maurice Mon de Plaza cade a terra. Ci vorranno cinque minuti prima che la ferita si manifesti sulla sua fronte, perché so cosa sto facendo. Questa è l'esatta quantità di tempo che abbiamo per salire sulla moto di Estirge e andarcene da qui.

CAPITOLO

2

Ci sposteremo sulla costa tra un paio d'ore. L'aereo parte alle cinque e quarantacinque. Ho bevuto la stessa tazza di caffè da quando Estirge mi ha lasciato a casa mia un po' di tempo fa. Ho messo tutto quello che mi occorre in una valigia bianca con fiori sgargianti, molto elastica, tranne il minuscolo serpente dorato sul bordo, proprio come quello che mi appendo al collo da quando avevo sedici anni, piccolo, lucido e dorato con alcuni dettagli verde.

Quarantotto mesi usando il mio pseudonimo e mi sono affezionata al suo simbolo. Lo abbiamo fatto tutti con i nostri, a modo nostro. *Dulce*, ad esempio il cui soprannome è Silfide, la fata del vento, seducente e capricciosa, si è tatuata delle ali rosse sull'addome, intorno all'ombelico e quando lo ha fatto, ce le ha mostrate con orgoglio:

"Nel caso in cui dovessi mai identificare il mio corpo, questo è il sigillo di autenticità."

"Avrei bisogno di toccare il sigillo di autenticità," aveva risposto Satiro con il suo mezzo sorriso, "per essere sicuro." La risposta di Silfide fu un dito medio decisivo.

"Allora non farmi vedere, se non hai voglia di giocare" ha risposto, allentando la cravatta, gesto che fa di continuo quando si lamenta di qualcosa.

"Satiro, ti agiti anche con il tuo cuscino."

"Il mio cuscino sembra sempre che voglia qualcosa", le aveva detto. Lo pseudonimo di *Jair* è Satiro e sotto i suoi ondulati capelli castani, sebbene li porti corti, ha un corno delineato con il rasoio. Non è in grado di vedere, a meno che non gli solleviamo i capelli, il che è impossibile senza che lui lo prenda come un flirt. Nessuno penserebbe che questo attraente ed elegante giovane di vent'anni, che possiede abiti, smoking e frac di ogni tipo e modello, abbia un simbolo rasato sulla testa. Anche se allo stesso modo, nessuno penserebbe che sia un assassino a sangue freddo.

Adolfo...il mio migliore amico d'infanzia...si rifiuta di segnarsi la pelle, i capelli o di indossare tende. Il suo soprannome, Drider, si riflette nella collezione di ragni che ha sulla scrivania della sua camera da letto.

"Hai bisogno di un simbolo in te e nessuno vuole che tu attraversi la vita portando uno dei tuoi piccoli amici" gli avevo detto, riferendomi ai suoi ragni, tre anni fa quando abbiamo deciso simboli e pseudonimi.

"Potrei addestrare uno di loro..."

«Drider, fallo e dovrai fare il lavoro da solo» si era lamentata Silfide.

"Lo faccio sempre da solo", diceva sornione.

"Per favore, un simbolo", insistetti. Il giorno dopo, nessuno disse nulla quando la piccola clessidra rossa che caratterizza la vedova nera fu segnata sul suo orologio da polso.

Fa freddo e mi piace, ma poco importa, visto che dopo ogni lavoro lasciamo tutti il nostro piccolo paese, almeno finché la faccenda non sarà dimenticata. Il denaro era nel mio conto e nel conto di Estirge quindici minuti dopo che la morte dell'esecutore testamentario era stata annunciata a livello globale, su ogni Nexus.

Jimmy...Ha un piccolo neo chiaro sulla guancia destra, quasi vicino al labbro, ha la forma di una goccia. L'ha dipinto di rosso lui stesso, quindi se guardi da vicino la sua faccia e se non sorride, sembra una goccia di sangue. È minuscolo, ma per me è molto presente.

"Il tuo pseudonimo è molto vampirico per i miei gusti" gli aveva detto Satiro, e lui aveva un motivo: il mitologico Estirge succhia a morte il sangue della sua vittima e questo, allo stesso tempo, le dona la vita.

"Mi ricorda più una zanzara", era l'opinione di Drider.

"Guarda chi sta parlando: il fauno di Narnia e Spiderman."

È molto facile sconvolgerlo e loro lo sanno, loro tre sono così violenti che mi sorprende come noi sei siamo ancora vivi.

Il mio Nexus suona, un tono a me molto familiare, è Ondina.

"Siamo all'aeroporto, manchi solo tu, Gorgona."

"Sto arrivando" dico e riattacco. Prima di partire mi controllo velocemente: riccioli castani, trucco, cappotto rosa e stivali col tacco alto. Non sono per niente come poche ore fa. Ma oggi siamo giovani eredi, cerchiamo vacanze e feste sulle spiagge di La Costa, è un travestimento molto sicuro. Sembro davvero diversa, fatta eccezione per il serpente sul collo. Gorgona, come medusa, ecco il motivo del mio simbolo, nessuno finora mi chiama *Corina*.

Quella di *Viviana* è una sirena poiché il suo pseudonimo è Ondina. Indossa anche un drappo, molto simile al mio, ma a forma di sirena.

"Originale," aveva detto Silfide beffarda, la reazione di Ondina era stata quella di abbassare lo sguardo, con un certo disagio. Non la biasimo, a nessuno piace ricordare la sua tendenza a imitare gli altri.

"Non sono la stessa cosa" avevo detto "il suo è d'argento e il mio è d'oro"

"Che grande differenza!"

"Basta" La zittii all'improvviso. Era necessario, povera Ondina, a volte era difficile per lei andare d'accordo con Silfide, ma chi è normale credo. Quando l'ho incontrata, a la mia cara Silfide, mi ha anche intimidito un po'.

Li amo entrambi e darei la vita per entrambi, senza esitazione, senza chiedere.

Un'ora per salire a bordo. Al mio arrivo li vedo in attesa e non sembrano il gruppo di assassini che sono in realtà. Il volto sicuro e seducente di Satiro, la bellezza di Silfide, sembrano presi dalla finzione. Drider ascolta la musica, rilassato, controllando il suo Nexus. Ondina parla con Estirge, lui beve un caffè e lei gli sorride. Non mi piace, sento una pressione nel petto che provo regolarmente solo quando raccolgo una pistola.

"Pronti, raga?" chiedo avvicinandomi. Ondina annuisce con un sorriso, provo a ricambiare il gesto, ma non mi viene.

"Sempre in ritardo," mi dice Estirge, controllando l'ora sul suo Nexus.

"Sempre esagerando, voi ragazzi non avete nemmeno consegnato la carta d'imbarco, so che sei ossessionato da tutto, ma ora perché con puntualità?" gli chiedo e lui fa spallucce. Succede sempre questo, immagino come ci vediamo dall'esterno e so che tutti possiamo notare una certa perversione, nei nostri occhi, nei nostri gesti, nella nostra voce, nei nostri movimenti. Tutti tranne lui ed è quello che vale.

"Andiamo avanti?" chiede Silfide, soffocando uno sbadiglio.

"Eh… si" rispondo distrattamente, poi mi accorgo che non sta parlando con me, ma con Satiro che, essendo appena le 4:50 del mattino, indossa già un elegante completo beige, in perfette condizioni.

Mentre andiamo nella stanza corrispondente, vedo le notizie dell'Esecutore su ogni schermo dell'aeroporto. Non ci sono ancora responsabili. È questione di tempo prima che catturino i nemici minori che ha avuto e lo espongano come un capro espiatorio. Quindi Syan L.

"No" mi sussurra Estirge quando mi sorprende a guardare lo schermo "ricordati che non devi…" una signora di una certa età ci guarda, non ho tempo di sentirmi nervosa alla domanda nei suoi occhi, perché Estirge mi abbraccia e mi bacia sulla guancia così dolcemente che si sente a malapena e mi delude.

"Sai benissimo i due motivi per cui non dovresti guardare il telegiornale" dice e mi bacia di nuovo il viso, con l'intenzione di nascondermi, questa volta gli sento gli angoli delle labbra "ti metti in evidenza e tu sentirsi in colpa". Capisco a cosa si riferisca ma le sue parole sembrano avere un doppio significato nella mia testa. Ha ragione, lo so, e so anche che il suo gesto non significa niente, che è puro montaggio per potermi dire delle cose senza destare sospetti da estranei. Lo facciamo sempre, tutti. Un paio di anni fa, Satiro mi baciò sulle labbra per diversi minuti, facendomi perdere di vista un recensore mobile. Ma quando Estirge si avvicina, è diverso. Lo guardo mentre consegna il pass e si dirige al livello successivo dell'aeroporto. Non indossa un abito, indossa jeans e una camicia bianca, occhiali scuri e scarpe da tennis. Drider gli passa dietro,

"Devi portare i tuoi libri ovunque?" Dice, infastidito dall'enorme bagaglio a mano di Estirge, "Hai intenzione di leggerli tutti sull'aereo? La costa è a un'ora e mezza di distanza? Lo sai, vero?"

Li perdo di vista quando passano al livello successivo. Sento ancora il calore sul mio viso, dove mi ha baciato. Consegno la mia carta d'imbarco e non ringrazio nemmeno l'addetto al passaggio.

E poi... l´inferno: è come se il pavimento mi venisse improvvisamente strappato via, quando vedo i miei colleghi assassini contro il muro, le loro mani tenute in grosse manette d'oro. Quasi 40 guardie di livello A puntano contro di loro armi più sottili. Mentre mi ammanettano, sento l'inevitabile e ho voglia di vomitare.

"Corina AT, cittadina della Nazione SyanL, nata nella città di Sy4, per conto del Presidente dello Stato, Sig. Daniel

Delonge Chevalier e tramite la Milizia di Livello A, con delegazione 27, sei in arresto per il reato di omicidio dell'ex Esecutore testamentario Maurice Mon De Plaza, con targa identificativa 3001MN della Nazione di SyanL."

Tremo. Ho la gola secca e le ossa del mio polso tremano per il freddo delle manette che mi imprigionano. Di fronte a me ci sono tre guardie di livello B e tre di livello A. Accanto a me ci sono altre due guardie di livello A. Sento che a poco a poco non riuscirò a far passare la saliva. Siamo su veicoli diversi, non ho potuto parlare con loro, non ho nemmeno potuto dare loro un dannato sguardo. Esamino il camion dove mi trasportano. È sigillato, come se trasportassero ricchezza e non volessero che nessuno interferisse. Le mie caviglie sono anche trattenute da manette ancora più spesse. Nessuna delle otto guardie punta su di me, sanno che sarebbe più rischioso mettere le armi a portata di mano. Vorrei non aver scelto questo vestito così corto. E vorrei non essere così idiota da preoccuparmi di un vestito quando sono stata arrestata. *Arrestata.* Quattro anni giocando molto bene, fino alla perfezione questo cazzo di gioco! ... E adesso.

Ci uccideranno, o ci rinchiuderanno a vita, senza dubbio. Noi sei abbiamo ucciso quasi ottanta persone, da funzionari pubblici corrotti e crudeli a uomini d'affari assassini e perversi. Non uccidiamo brave persone, mai. Ma accusiamo costoso per aver ucciso i cattivi. E non ci pentiamo di averlo fatto, anche se questo potrebbe essere un buon momento per iniziare a pentirsene.

"Non ci sono persone buone o cattive", aveva detto una volta Silfide, "un essere umano può essere entrambi, a seconda del male o del bene che ti fanno."

Diciannove anni, ne ho ancora troppi per vivere in una cella compatta. O forse mi uccideranno, forse ci faranno semplicemente sparire, non sarebbe la prima volta che succede in SyanL. O forse lo Stato si vestirà di gloria gridando la nostra cattura ed esponendoci al popolo come gli assassini dei più importanti leader politici ed economici.

Stiamo viaggiando da circa un'ora. Questa merda non ha una finestra per sapere dove stiamo andando, per sapere se ci portano nello stesso posto, per vedere i miei amici prima che muoiano, per cercare la faccia di Estirge con una risposta, anche se non ho idea di quale sia la cazzo di domanda.

Il presidente Delonge oserà ucciderci? Il suo viso, la sua espressione in fotografie, manifesti, televisione, non è quella di un bullo, piuttosto è un uomo magro, gli occhi azzurri oscurati da occhiali sottili, con l'aspetto di un professore universitario, le sue guance definite forse troppo giovanili, gli danno un aspetto inesperto, come uno che vive nella paura di tutto: delle rivolte in Sy1 e Sy3, del tradimento nel suo gabinetto, perché tradire in SyanL è il pane quotidiano, e soprattutto... può avere paura della minaccia sempre più grande a SyanL, rappresentato dal presidente di Toot, il paese confinante.

Entrambe le nazioni sono i principali esportatori di Whisky nel mondo, e piano piano la qualità dei prodotti della nazione Toot sta crescendo e non c'è altro motivo se non l'attiva e agguerrita economia di quel Paese, situazione iniziata circa 19 anni fa. Ma non è l'unica cosa che li fa crescere economicamente in un campo che è il nostro: ci sono ampie denunce sulla mano di Lola Teheran, presidente di Toot, sulla corruzione che esiste all'interno di SyanL, denaro sporco e adulterazione del whisky che è prodotto in SyanL. Probabilmente sono queste le questioni che dovrebbero tenere impegnato il presidente Delonge, non la cattura di un gruppo di giovani come noi.

Hanno preso il mio Nexus, il mio bagaglio, le mie carte e il passaporto. Mi hanno controllato la retina e mi hanno prelevato il sangue con un tubo molto sottile, che poi hanno chiuso, sigillato e numerato. Il mio sangue è A Plus, non molto comune; se mai avessero bisogno di una trasfusione, il mio gruppo sanguigno mi darebbe la priorità nei motori di ricerca per la sua rarità. Tuttavia, anche come cittadina di SyanL, ho l'obbligo di donare, soprattutto se l'emergenza arriva da un ospedale privato. Un'occasione l'ho donata per Bea Morquecho, segretaria generale della SyanL Air Militia, che era al pronto soccorso a causa di un "incidente" o almeno questa era la versione ufficiale. Lo stesso sangue che le ho donato è gocciolato sul suo letto quando sei mesi dopo, Drider ha seppellito un sottile pugnale d'argento nel cuore di Bea. Il mio compagno ha ricevuto 350mila fatture per quell'atrocità.

Mi chiedo se qualcuno dei miei amici abbia già escogitato un piano o se sia già scappato, mi chiedo anche se sono già morti. Mi sento così circondata che immagino persino che le guardie possano indovinare cosa sto pensando. Guardo in basso perché la mia paura è così ridicola che sono sicura che loro lo sappiano, sanno cosa penso, devono studiare i miei occhi, le mie labbra, la mia pelle. Nella mia testa, uno dopo l'altro, sfilano le morti che ho portato a termine per quattro anni. Il Direttore della Comunicazione Televisiva, erede dell'Impero di NexusPhonia, il famoso gruppo dei "4 coleotteri", la cui posizione di banchieri aveva frodato le grandi compagnie di whisky SyanL, si è poi trasferito a Toot e ha consegnato milioni di guadagni alla presidente Lola Tehran.

Ondina ed io ci occupammo dei quattro, ma nessuno di loro ebbe una morte violenta; li iniettiamo con il virus Deli. Silfide si recò nella nazione straniera di Mahat per portare il contenuto in una penna stilografica. 5 millilitri erano sufficienti per ciascuno degli scarafaggi. Il virus Delí è uno dei disastri biologici più terrificanti dell'est; un quarto della popolazione del lontano Mahat ne è morto. Prende il nome da *Dalila*, il personaggio biblico dell'antico cattolicesimo. Il contagiato perde le forze quasi istantaneamente e la febbre lo colpisce in pochi minuti, fermandogli il cuore. Lo bevvero due scarafaggi, uno nel cognac, poiché non bevevano whisky, l'altro in un'innocua mimosa mattutina.

Ondina è stata più rischiosa, ha contagiato il terzo in un bar con uno stuzzicadenti che si è messo in bocca, ma grazie a quell'audacia la causa della sua morte è stata registrata come un incidente, dato che quando è uscito dal bar guidava la sua macchina senza possibilità di sopravvivenza sulle strade desertiche di SyanL.

Non so come il mio compagno abbia eseguito il quarto, ma quando il corpo è stato ritrovato accanto a quello di Mika Lakita, la modella di intimo, sono stati entrambi infettati dal virus, come se si fosse diffuso nel loro sistema nervoso per diverse ore.

Mi sto abituando al movimento del veicolo quando si ferma. Nessuna delle guardie dice niente, ma mi mettono gli occhiali scuri, non sono occhiali da sole, sono speciali e si abbracciano dolcemente sui miei occhi, non riesco a vedere niente, non c'è luce che li attraversa, è tutto spazio oscuro. Per la prima volta dopo tanto tempo, ho paura, e vorrei tenere una mano tra le mie, che potrebbe darmi il coraggio, anche un po'. Stringo forte gli occhi, ho la nausea, vorrei svenire e non essere qui.

Due paia di mani mi spingono a stare in piedi e sento il bisogno di piangere o urlare, ma la mia gola secca non ce la fa. Il calore di un corpo stretto e dopo un pugno allo stomaco che mi fa crollare, le lacrime arrivano all'improvviso e un colpo ancora più forte alimenta la mia voglia di tornare. Sento una risata in lontananza e poi niente.

Tutto è ancora nero, il mio primo pensiero quando mi sveglio è che è notte, poi il secondo è che sono diventata cieca e spaventata, provo a stare seduta, ma mi fa male lo stomaco e le mie braccia sono ammanettate a questo letto, i polsi e degli avambracci. Non sono cieca, il mio viso è teso e attaccato, indica che indosso ancora gli occhiali.

A una certa distanza da dove sono, qualcuno si lamenta, è solo un leggero rumore, ma in lui noto anche quello.

"Estirge?" Sussurro, parlare mi provoca dolore, mi sento le labbra screpolate e secche, la mia voce sembra spolverata di sabbia, cerco di deglutire per produrre saliva, ma non ci riesco, tutto è dolore.

"Gorgona? Stai bene?" La sua voce non è molto diversa dalla mia, sembra avere un brutto raffreddore, come se avesse passato la notte a urlare e non so se sussurra per precauzione o perché non può parlare più forte.

"Sì" dico "fa male tutto su di me, anche quello che non ho, ma sì credo di stare bene, e tu? Cosa è successo?"

"Ci hanno beccati" mi sorprende la voce di Silfide, si sente molto più chiara e vigorosa della nostra "a noi sei"

"Stai bene?" Chiedo, ad ogni parola mi faccio più male alle labbra con lo sforzo.

"Sì, e anche tu, da quello che vedo, da quello che ho visto nelle ultime ore" spiega "Io non indosso quegli occhiali ridicoli che hai tu, ma sono legata al letto, mi sono svegliata un paio di ore fa."

"Dove siamo?" Insisto "descrivi il posto" chiedo alla mia amica.

"Non c'è molto da descrivere" sospira "è una stanza come d'ospedale bianca, vicino al muro c'è il letto di Estirge, poi io e te alla fine. Hai un po' di sangue sulle labbra," dice e per qualche motivo mi sento a disagio "e…" si ferma, temo lo peggio, è entrato qualcuno, oppure è svenuta, oppure Estirge non ha gambe o qualcosa di simile!

"Che cosa?" Estirge insiste nervosamente.

"E le mie braccia sono piene di lividi, hanno un aspetto orribile," confessa e io voglio ucciderla, mi hanno quasi distrutto le costole e lei si preoccupa per qualche livido.

"Cos'altro?" Lui chiede.

"Non ci sono schermi, né comunicatori fissi, ma sul soffitto c'è una telecamera mobile, grande quanto la mia testa", spiega.

"Microfoni?" Chiedo.

"Due, una sul muro, accanto a Estirge e una accanto al mio letto", indica. Ogni parola che abbiamo detto raggiungerà le orecchie di chi ci ha qui, di chi ci ha fatto questo. Non ho più voglia di parlare, non capisco nemmeno perché stiamo usando soprannomi, le nostre cose ci sono state sottratte e sicuramente sanno già chi siamo e altre informazioni.

"Noi tre", continua Silfide, "indossiamo un'orribile veste verde, sembra di plastica normale, non sta bene, è molto..." La sua voce si interrompe, il suono di una porta che si apre mi riempie di terrore.

"Cosa vuoi?! Chi sei?!"

"Che c'è?, Silfide, chi è ?, Che sta succedendo??"

"NO! Cosa stai facendo? NO!"

Cerco di pensare con tutta la lucidità che le urle della mia amica mi permettono, loro non fanno niente su di me, qualunque cosa sia, lo stanno facendo ad Estirge.

"No!" grido all'improvviso "NO!"

Le mie grida e le mie suppliche si confondono con quelle del mio compagno e poi sento una leggera puntura al braccio. Non mi rendo conto, l'oscurità davanti ai miei occhi continua e io dormo.

La sensazione che mi viene appena apro gli occhi è lo stesso mal di testa che provo quando sto alzata fino a tardi. La stanza è bianca, come aveva ben descritto Silfide, la luce del sole non penetra perché le tende sono ben chiuse e basta la fioca lampada a provocare questo mal di testa quasi istantaneo.

I letti accanto a me sono vuoti, ma mi copro a malapena le palpebre con indice e pollice per attenuare la luce, la porta si apre e istintivamente metto i pugni in guardia, è allora che noto che i miei polsi e gli avambracci non sono legati a letto più.

"Alla fine! Ti abbiamo visto attraverso lo schermo" dice Drider, prendendomi la mano, non gliela faccio prendere, sono ancora nervosa e diffida. Fa un gesto di dolore che non ha niente a che vedere con quello che provo io, ma cancella il suo gesto in un attimo, evita di sembrare vulnerabile, ha sempre odiato essere preso così.

I cinque sono vestiti di bianco, sembrano infermiere. Silfide si è legata la camicetta intorno al corpo, il resto non sembra essere dell'umore giusto per avere un bell'aspetto.

"Come ti senti?" Me lo chiede Estirge e neanche questo mi piace; Mi trattano come la malata, come la poveretta che ha sofferto quando loro stessi non stanno molto meglio di me. Tuttavia, sono in piedi, si sono svegliati prima. Mi sembra di allontanarmi e di vederli attraverso una nexusCam. È allora che sorge la grande domanda e la lascio cadere senza ulteriori indugi:

"Dove siamo?" Dico, si guardano. Ondina scruta nervosamente gli occhi di Estirge. Li odio, li odio per avermi lasciato fuori da qualunque cosa sappiano e io no. Satiro mi mette una mano sulla coscia e mi strizza l'occhio.

"Va tutto bene, tesoro," mormora, guardo la sua mano sulla mia gamba, come diavolo fa ad avere la tranquillità di accarezzarmi in questo momento? Li odio!

"Basta Jair, lasciala stare," Anche Estirge dirige il suo sguardo verso la mano di Satiro che mi tocca. Lo ha chiamato Jair, non ha usato il suo pseudonimo.

"Chiedo che tu mi dica cosa diavolo sta succedendo qui! Chi ci ha fatto questo?" Mi sento ridicola perché sono ancora costretta a letto e loro sono in piedi.

"Te lo spiegheranno presto," risponde Ondina, il suo tono di simpatia mi infastidisce, mi parla come mi parlava mia zia Tony tanti anni fa, dicendomi che la mia famiglia era scomparsa. La ignoro e faccio un respiro profondo.

"Così?" Chiedo impaziente "Vi l'hanno già spiegato? Perché diavolo non me lo dici? Non siamo una dannata squadra? O non ne faccio più parte?" Insisto, alzando sempre di più la voce; l'unico che mi fissa è Drider, guardo le sue mani per evitare di incontrare il suo sguardo, vedo che si sta mangiando le unghie.

"Potremmo dire qualcosa…" esordisce, guardando Satiro, che non sussulta, rifiuta con calma, mentre il suo dito continua, ormai sul mio ginocchio.

"Drider, ci sono microfoni dappertutto e non siamo autorizzati a spiegare niente a Gorgona" gli ricorda Silfide "inoltre la verità è che non lo sappiamo bene, ci hanno detto cosa è strettamente necessario, quindi siamo nella stessa borsa," conclude, ora non sembra ferita, ricordo che ci aveva detto che aveva dei lividi sulle braccia, ma da quello che vedo questi stanno scomparendo. Quanto tempo ho dormito? Quanto vantaggio avranno le informazioni su di me?

Puzza di alcol e sapone, la bocca del mio stomaco si riempie di improvviso disgusto. Non so se sia dovuto al fatto che i miei amici più intimi in questi anni sanno qualcosa che io non conosco, ma c'è del disagio nell'ambiente, si vede quando evitano di guardarsi negli occhi. Mi prendo il mio tempo e li esamino. I capelli di Ondina sono opachi e porta qualcosa all'indice, forse è rotto, ha una cicatrice su un lato del viso che cerca di nascondere con i capelli e dei brufoli sulle guance per la secchezza. Satiro ha delle piccole ferite sulle guance, sembrano graffi profondi, ma a parte questo non sembra essere stato ferito gravemente. Drider ha cicatrici da tagli sul collo, quasi sul petto, ma non sono il risultato di lesioni ad alto rischio, ha un'altra cicatrice sulla bocca,

Quanto a me, non sento più nessun dolore, ma non sopporto che non mi informino, non ci provino nemmeno.

"Smettila di toccarmi la gamba," Guardo Satiro, cerco di esprimere in qualche modo il mio fastidio.

"Sembrava che ti piacesse", risponde con il suo sorriso sbilenco, come se questa fosse la cosa più normale, come se invece di essere assassini rinchiusi in qualcosa che sembra un manicomio, fossimo una coppia di laureati che festeggiano in un bar .

"Nessuno mi ha fatto nessun massaggio" si lamenta Silfide "Sono molto offesa con voi ragazzi" guarda loro tre, l'unico che risponde sorridendo è Satiro.

"Quella cosa non è un massaggio" dice Estirge, la sua voce è di nuovo chiara, loro ridono e anche se io volessi, non lo faccio. L'unica cosa che voglio sapere ora è cosa sta succedendo.

E sto per scoprirlo.

La porta si apre: una donna dagli splendidi occhi verdi, come il fondo di una bottiglia, entra accompagnata da una

scorta di guardie di livello A. La riconosco subito, è Reneé
Lobo, la nuova Esecutora.

RENÉ LOBO

"I need an easy friend".

Kurt Cobain.

"Che dire ...?" Daniel guarda la carta color crema nella cartellina che gli ho appena consegnato pochi minuti fa. Segna un nome con la penna d'argento in mano "Jair Abella Tatchert?" Mi guarda attraverso il vetro sottilissimo degli occhiali. Sorrido involontariamente quando lo vedo interessato alla mia opinione, anche se questo non rappresenta nulla di nuovo, lo ha sempre fatto. Si fida molto del mio pensiero.

"Non c'è nessun leader nell'Animalium," Alzo un sopracciglio con un gesto sprezzante. Questo branco di ragazzi viziati non ha intenzione di troncare la mia relazione con Daniel "ma se ci fosse, è lui chi potrebbe esserlo, se costretto. Le sue qualità e specialità sono maggiori di quelle degli altri" riassumo "il suo pseudonimo è Satiro" indico, Daniel ride come se si raccontasse una barzelletta interna.

"Chi sceglie questi soprannomi?" chiede, quasi divertito.

"Loro stessi," dico, non lo trovo divertente, ma a quanto pare lo fa.

"Bambini geniali," osserva e sottolinea un altro nome.

"Jimmy Atkint T., Estirge?" Daniel mi guarda di nuovo, qualcosa vibra nella mia pelle ogni volta che sento che ha bisogno del mio aiuto, "è il secondo in comando?"

"No. Come ho detto, non c'è un leader, quindi non c'è nessun sostituto per lui. Sono tutti uguali e hanno tutti un gran numero di vittime importanti al loro attivo," Suggerisco con attenzione e trasmetto il fascicolo dei nomi. Tutti rappresentano una situazione molto contaminata in vari settori del governo presieduto da Daniel. Ci pensa un attimo e si toglie gli occhiali, si morde la tempia degli occhiali. Il suono della sua voce, la freschezza in essa contenuta, come quella di un giornalista radiofonico di tanti anni fa, mi fa riflettere profondamente.

"Se questi ragazzi, Reneé, sono efficaci e voraci come mi indica questo foglio, allora ci sono due situazioni che dobbiamo urgentemente riparare," mi guarda e per quanto io sia orgogliosa della mia intelligenza, la mia mente lavora a mille chilometri orari, ma il mio cervello non sembra trovare l'ideale da suggerire al mio Presidente. Non rispondo, arrossisco e impreco dentro. Daniel mette il foglio sulla scrivania e continua:

"Il primo e più urgente: come diavolo è possibile che il nostro sistema di sicurezza sia così vecchio e debole da permetterci di perdere così tante persone dal governo? quanti pilastri del Sistema?" La sua voce non è così alta, ma è abbastanza per farmi stare male, anche se sono appena due settimane che ricoprivo il ruolo di Esecutore testamentario, "che diavolo ha fatto quello stronzo di Javier Mon De Plaza tutta la sua gestione? quel fottuto uomo mediocre!" esclama, prima di mettere indice e pollice sul ponte del naso, cercando la calma. Chiude gli occhi per un paio di secondi e prosegue "è urgente correggere i tanti errori o rischiamo di correre la stessa sorte anche noi"

"Non ti preoccupare," gli dico, e lo dico sul serio. Niente conta per me quanto SyanL. Nessuno conta per me tanto quanto Daniel Delonge. Lui ed io, insieme, puliremo e dreneremo il marciume su cui è costruito il nostro paese, il nostro sistema.

"E il secondo e più importante" continua, i suoi occhi azzurri e cristallini, quasi trasparenti, tornano a mostrarsi in un silenzio che solo il Presidente di una nazione nel caos può mostrare, "sei in carica da due settimane e ancora non sei riuscita a metterci a disposizione questi ragazzi dell'obitorio... che diavolo hai fatto allora, Reneé? Giocare a casa e amanti?" lui dice. Mi mordo il labbro furiosamente. Ieri è stato lui a chiedermi di andare a vivere insieme.

SyanL è un grande paese, a forma di sorriso, la capitale Sy1 si trova dove ci sarebbe una zanna. Volarci sopra è qualcosa che per noi sei è diventata una routine, ma non oggi. Oggi abbiamo viaggiato in un jet color acciaio, così luminoso che appena l'ho visto mi ha infastidito gli occhi. Ha dieci posti disposti a coppie; Condivido il posto con Estirge, che nervoso, non distoglie lo sguardo da Reneé. In parte ci deve la sua nuova posizione, si potrebbe dire. La guardo discretamente, ha i capelli biondi corti, i suoi occhi sono il punto centrale e importante del suo viso, è evidente che da piccola doveva essere molto carina e sicuramente una bellissima adolescente. Ora ha 44 anni, secondo il resoconto che abbiamo letto giorni fa, quando avevamo programmato la morte dell'ex esecutore testamentario, però il naso e le guance sono martoriati dalle rughe naturali che ogni donna ha, ma che sono accentuati in lei. Non so se la posizione che occupa e il trovarsi faccia a faccia con gli assassini dell'ex detentore della sua posizione la facciano sembrare più anziana. Incontro i suoi occhi color palma e rivolgo rapidamente il mio sguardo al finestrino dell'aereo. Questo non mi piace, non ci hanno detto niente, anche se almeno non mi sento più esclusa.

Quando Reneé, entrando nella mia stanza, mi ha informato che avremmo dovuto accompagnarla immediatamente e senza fare domande, tutti hanno fatto la stessa faccia confusa.

"Come ti senti?" mi chiede Estirge, gli piace mettere quel tono paterno di premura e preoccupazione.

“Sto bene, grazie” rispondo, i suoi occhi marroni mi guardano come se si aspettassero che io gli chiedessi la stessa cosa, ma io ancora non ho voglia.

Guardo gli altri, lungi dal sembrare dei prigionieri, con questi eleganti abiti neri che ci hanno regalato, sembriamo una squadra di avvocati al completo. L'unico che ha lo stesso aspetto di sempre è Satiro poiché questo è il suo solito guardaroba.

"Vuoi che ti porti una bottiglia d'acqua?" chiede Estirge, fingendo di alzarsi dal suo posto, come in attesa di una mia indicazione, "devono avere le pillole, nel caso ti faccia male la testa, o se le chiediamo, forse"

“No grazie, non voglio niente” la mia voce potrebbe essersi alzata più del normale, perché tutti sull'aereo si girano per vederci, una delle guardie di Reneé alza persino una pistola.

Ancora una volta mi concentro sulla finestra, desiderando di sapere cosa potrebbe essere andato storto nel piano, dove abbiamo fallito? Come ci hanno catturati?

"Capisco il tuo atteggiamento" insiste il mio compagno, non posso evitare un gesto di fastidio, socchiudendo gli occhi, che a lui sembra non importare "ma devi anche capire che davvero non sapevamo niente, solo che Reneé era andata via di vederci quando ognuno ci svegliava, ma lei non ci diceva niente" sento il calore delle sue dita quando la sua mano si posa sulla mia, "siamo tutti nervosi," finisce e come se tutto fosse programmato, a quel momento, Reneé si alza.

"Atterreremo in Sy4 in pochi minuti, ti consiglio di non provare giochini di nessun genere, perché quando scenderai ci saranno un centinaio di guardie di livello A ad accoglierci, risparmiati la fatica di cercare di scappare e morire provandoci ."

"Posso chiederti-" inizia Silfide.

"No, non puoi," interrompe Reneé. È evidente e anche se potessimo, non ci dirà nulla. La mia amica la guarda con odio, ma Reneé sembra divertirsi a giocare con noi in quel modo. Satiro si gira per vedere Silfide e muove la testa di no, riesco a vedere che le sue labbra mormorano "idiota", ma il suo gesto è comunque beffardo.

"Stiamo per atterrare", informa l'Esecutore testamentario, tornando al suo posto.

Guardando fuori dalla finestra, so che è Sy4, ma non capisco, non stiamo andando all'aeroporto, stiamo andando verso una pista circondata da pini e da un lato un edificio imponente, con la facciata in mattoni, come quasi tutto in Sy4. Non so perché, ma devo tenere questa immagine nella mia testa.

Ho appena messo piede a terra, quattro guardie di livello A mi ammanettano e mi tengono. Non ho armi, né forza, né alcuna idea che mi spinga a voler scappare, ma anche così, chiunque ci sia dietro, ritiene che io e gli altri dobbiamo essere sorvegliati da quindici guardie ciascuno.

Mentre camminiamo verso l'edificio in mattoni dorati e vetro, una fresca brezza gioca con i miei capelli, è la prima piacevole sensazione da giorni. Beh no. È il secondo, il primo avvenuto sull'aereo, pochi minuti fa, con le mani. Ma non ho tempo per pensarci mentre ci fermiamo davanti all'edificio.

Per entrare, Reneé digita qualcosa sullo schermo della porta e si apre. Entrando, il numero delle guardie si riduce e ora sono solo cinque per ognuno di noi. Deve essere un sito di massima sicurezza se hanno la fiducia necessaria per ridurre i nostri custodi. Per un attimo penso che forse sia una prigione, ma se da fuori il luogo non sembrava una prigione, dentro l'idea che questa sia una prigione è uguale a zero.

Il lusso di questo posto è impressionante, non è paragonabile a nessuno degli hotel in cui siamo stati, anche se sembra uno di loro. Questo primo piano è molto simile a una lobby, ci sono poltrone in pelle nera e schermi alle pareti, il pavimento è così simile a uno specchio che è incredibile che non si rompa sotto i nostri piedi. Dettagli in mattoni dorati e vetro azzurro vestono le pareti.

"Da questa parte" dice Reneé, la seguiamo verso un ascensore dove sicuramente non ci troveremo con tutto il nostro entourage di guardie che tra l'altro si attaccano eccessivamente al corpo, soprattutto quello di Silfide e secondo lo stato della milizia. Secondo me, é un requisito fondamentale per mantenere la castità e donarsi alla Nazione SyanL nella sua interezza. Ma loro non semvrano di dare importanza a quello.

"Da qui prendo io il comando," annuncia Reneé quando l'ascensore si apre, "vai avanti". Lei ordina.

Ondina mi guarda con timore mentre entro, sorrido per darle fiducia, ma non so se questo ascensore ci porterà effettivamente a una qualche punizione o all'esecuzione stessa. Reneé preme il pulsante 13 dell'ascensore.

"Divertente" commenta Sátiro, guardandola, "Pensavo che negli edifici in generale il 13° piano non fosse mai menzionato o preso in considerazione," le sorride. Oh, per favore, spero che non stia cercando di sedurla, mi sentirò in imbarazzo quando lei lo manderà all'inferno. Lei è l'esecutore testamentario e non giocherà un gioco così ovvio.

"Trovo molto interessante il tuo punto di vista sulla grazia, Jair, il tuo senso dell'umorismo deve essere abbastanza semplice, se un numero in un appartamento ti sembra divertente", dice, chiamandolo con autorità con il suo vero nome.

Lo sapevo. Satiro socchiude gli occhi, offeso, si potrebbe dire che la sua bellezza fisica e il suo senso dell'umorismo sono i suoi migliori amori e li hanno appena ridotti entrambi al ridicolo, ma cosa si aspettava?

L'ascensore si ferma, sento Ondina che trema dietro di me. Abbiamo tutti paura, tutti vogliamo sapere come scappare, Drider è l'unico che sembra calmo. Una volta ci ha detto, qualche mese fa, che se un giorno in missione fosse stato ucciso, avrebbe accettato senza fare domande, perché quando si tratta di desideri della vita, non gli è mai mancato nulla. Poi ha detto che in realtà c'è un'ambizione che non ha soddisfatto, ma non è venuto a confessarci di cosa si trattava. Ora potrebbe non avere più la possibilità di realizzarlo.

Reneé ci conduce attraverso un corridoio che ha la stessa finezza del resto dell'edificio, un color osso che brilla, sembra che sia l'apice del lusso. Ma non è così, non abbiamo ancora visto niente.

Digita un'altra password in una delle porte in fondo al corridoio, ci fa entrare. Ci sono sei sedie singole davanti a un enorme schermo bianco, come se fosse un vecchio cinema privato.

C'è anche una scrivania nera con un NexPad in vetro blu.

"Vai avanti e siediti", dice. Dal suo Nexus disattiva le manette che cadono dolcemente dalle nostre mani.

"Siediti e goditi il piccolo spettacolo, lui sarà con te tra un momento."

Lui?

Ci lascia con ancora più dubbi di prima.

"Che diavolo?" Dice Estinge, ma non abbiamo tempo per rispondere. Lo schermo si accende e viene proiettata un'immagine tridimensionale di Ondina.

"Sono io?" esita la mia amica.

"Faremo meglio a sederci," suggerisce Drider, gli obbediamo senza distogliere lo sguardo dall'immagine di Ondina sulla proiezione.

Mostra anche una serie di informazioni che, sebbene lo sappiamo, siamo sorpresi e sopraffatti nel vederlo su quello schermo, in quel luogo.

NOME: VIVIANA AA

Alias: Ondina

Età: 19 anni.

Luogo di origine: Sy1, Frazione M24.

Specialità: maneggio di armi da fuoco goldgun500, coppergun900

Lingue: inglese, spagnolo.

Vittime uccise:

- **Ministro delle Relazioni Internazionali: Clara Ramos de Terra.**
- **Commissario federale per le assunzioni: Jaime Crest Riva.**

"Non capisco," dice, "Questo significa che sarò la prima ad essere giustiziata?" Il suo viso riflette un vero terrore. Ha gli occhi più rotondi che conosca, le ciglia chiare, quasi bionde come i suoi capelli, con la cicatrice, tutta la sua espressione mostra paura e le fa corrugare il viso.

"Dubito fortemente che questo sia un preambolo alla morte" dice Satiro, cerca di sistemarsi i capelli, perché ultimamente è stato un casino, bellissimo, ma pur sempre un disastro, ed è qualcosa che una persona come lui non può permettersi.

L'immagine di Ondina svanisce e Drider viene proiettato sull'ologramma. A differenza della mia amica, non si muove facilmente a sua immagine. Rimane serio e disinvolto, quasi stufo, come se il suo ologramma sapesse che lo stiamo osservando e ne sia infastidito, il suo io irreale tira fuori una sigaretta e l'accende.

Nome: Adolfo Caz M. M

Alias: Drider

Età: 21 anni.

Luogo di origine: Sy4, Frazione M3.

Specialità: gestione di pugnalata ridotta al minimo (minicoltello, minifiamma) e conoscenza chimica per creare veleni, grado 20, goldgun100.

Lingue: inglese, tedesco, italiano, spagnolo.

Vittimi in primo piano:

- **Segretario dell'Economia e delle Risorse: Romeo Nep Ter.**
- **Direttore Generale di The GREENLAND Telecommunication Company: Jessica Malone de Sanz.**

"La dottoresa Jessica è stato uno dei lavori più veloci che abbia mai avuto", dice Drider, ricordando quasi con malinconia che il suo sorriso minimale mette in risalto la malvagità dei suoi occhi, che, tra l'altro, è attraente. Sono anche un po' gelosa della dottoressa Jessica, perché quando è morta l'ultima cosa che ha visto sono state le labbra sottili di Drider, ma la sua immagine è cancellata e la prossima ad essere proiettata è Silfide. A differenza di Drider, sembra essere in piena dimostrazione di modellazione, il suo ologramma sorride, strizza l'occhio e lancia anche baci sporadici. Nessuno ha mai messo in dubbio la perfezione del suo corpo e del suo viso, ma le piace mostrarlo costantemente.

"Non è la mia angolazione migliore", dice, e forse è solo una mia impressione, ma la sua voce non ha la stessa sicurezza di sempre, anzi sembra che guarda verso qualcuno con qualche dubbio. Verso Satiro?

"Sei matta", dice Ondina, già molto più rilassata di qualche tempo fa. "Onori sempre il tuo pseudonimo."

Nome: Dulce Corr Yanz

Alias: Silfide

Età: 19 anni

Luogo di origine: Sy1, frazione 07

Specialità: Manipolazione di armi da fuoco goldgun710, silvergun300 e creazione di veleni chimici"biologici.

Lingue: inglese, francese, spagnolo.

Vittime in primo piano:

- **Chirurgo, medico capo del Sy5 Health Center: Jean Bonall Cruz**
- **Direttore generale incaricato dell'economia nazionale di SyanL: Sally Castern Zendejas.**
- **Vice Direttore e Avvocato del Settore Sy1 17 per gli Stati Membri: Maryana Cerc Lopez.**

"Strano, ciò che si riferisce a Jean Bonall non era né con l'uso di un'arma da fuoco, né con il veleno", sorride.

"E' evidente" interviene Satiro con voce stanca, come se stesse spiegando la matematica, "che non hanno intenzione di mettere: Specialità in seduzione e provocazione di un incidente d'auto, Silfide"

La mia amica scompare dalla proiezione e viene sostituita da Sátiro, che nell'immagine indossa un abito nero con una cravatta blu, impeccabile. A differenza dell'attuale Satiro che guarda dal divano, quello con l'ologramma non ha occhiaie ed esala attrattiva e mascolinità, nonostante sia solo una proiezione.

"Devi sempre sembrare che stai per sposarti?" chiede Estirge.

"Non posso farci niente, sono nato con una stella", risponde, alzando le spalle. Le sue informazioni cominciano ad apparire.

Nome: Jair Abella Tatchert.

Alias: Satiro

Età: 20 anni

Luogo di origine: Sy1, frazione M17.

Specialità: Goldgun900, goldgun X30, arma da fuoco Coppergun20, pugnalata di tipo micro e massimo, alta

specialità in Chimica e Criminalistica, connessioni straniere a Kaoy e LaGem.

Lingue: francese, inglese, spagnolo.

Vittime in primo piano:

- **Senatore Generale per le Leggi Nazionali ed Economiche: Mario Rom Soarez.**
- **Dirigente dell'area Contenuti de La Televisora MediaSy: Josephine Mark Del Pozo.**
- **Medico personale della Presidenza SyanL: Marlene Riva Riva.**
- **SyanL Esecutore del periodo 201"204: Ricky Spunttino.**

"Beh, hai avuto vittime molto importanti" gli dice Drider con ovvietà, quando l'immagine attraente di Satiro scompare dalla proiezione.

"E infatti alcuni di loro non sono in questa lista" risponde mordendosi il mignolo, come al solito.

"Chi non c'è, secondo te?" Estirge lo guarda incredulo, dubitando costantemente di tutto ciò che Satiro afferma, in particolare dei suoi successi personali.

Estirge è sempre stato infastidito dalla presunzione di Satiro e Satiro dalla costante pretenziosità di Estirge, ma entrambi hanno imparato a conviverci e finiscono regolarmente per legarsi quando Drider li denigra entrambi. È senza dubbio Satiro quello che ha il maggior numero di abilità, come ha sottolineato questo rapporto, non per niente è quello che ha il maggior numero di vittime rilevanti al suo attivo, tuttavia, in un'occasione era vicino alla cattura, ma Drider lo ha salvato da. Da quel momento restano due ricordi che nessuno si lascia alle spalle: la sottile cicatrice che ha Satiro dal basso ventre all'inguine e la sufficienza di Drider nel ricordargli che se non fosse stato per lui sarebbe morto.

L'immagine di Estirge si forma nell'ologramma, lì sorride e quando lo vedo mi accorgo che non vedo quel sorriso dal vivo da diversi giorni, il sorriso di complicità che mi manca e che non sapevo quanto mi serviva perso fino a questo momento .

Nome: Jimmy Adkint T.

Alias: Estirge

Età: 20 anni

Luogo di origine: Sy4 Frazione F17

Specialità: Maneggio di armi da fuoco a tutti i livelli (oro, argento, rame) padronanza di 4 arti marziali (Karate, Taekwondo,Jiu Jitsue kung fu).

Lingue: tedesco, inglese, italiano.

Vittime in primo piano:

- **Ispettore governativo delle leggi e dei regolamenti sanitari Area di La Nación: Jeremías Báez.**

-Generale del Corpo di Polizia della Guardia di Stato: Marco Morales Roble.

-Distributore di metanfetamine di classe B in 5 frazioni di Sy1: Maxi Falcone.

"Marco Morales è stato il peggior assassino di donne nella storia di SyanL" commenta Sílfide, facendo un gesto di disgusto. Ha ragione, quell'uomo ha ucciso, violentato e torturato molte donne a Sy4, ecco perché Estirge ha usato tutta la brutalità che poteva contro di lui, Morales aveva pasticciato con il suo luogo di origine e non solo con il suo, Sy4 è anche casa mia.

L'immagine dell'ologramma cambia e io sono quella che appare, lì sorrido e faccio delle smorfie, come se cercassi di rimanere seria. Non so da dove avrebbero potuto ottenere quell'immagine.

"Cosa c'era di così divertente?" mi chiede Silfide, riferendosi al mio ologramma ridente.

"Non ne ho idea."

"Sembri così carina" questa è la prima dolce espressione che esce dalla bocca di Drider in questi ultimi giorni. Lo guardo senza ringraziarlo, non so se è il momento giusto.

Nome: Corina Ulloa AT

Alias: Gorgona.

Età: 19 anni.

Luogo di origine: Sy4, frazione S30

Specialità: maneggiare arma da fuoco a lungo raggio goldgun900, maneggiare pugnalata miniblaze, miniknife.

Vittime in primo piano:

- **Direttore della comunicazione televisiva: Ray Mota Cric.**
  - **NexPhonia Vice Direttore: Irindia Infante Lomb.**

Lingue: spagnolo, inglese, italiano, francese.

E proprio così, la mia immagine scompare e la proiezione si spegne.

"Saremmo dovuti scappare da qui ormai," dice Drider, alzandosi come se non potesse sopportare di stare seduto per un altro minuto.

"E andare dove, Drider?" Satiro lo interroga, appoggiandosi a malincuore allo schienale del suo sedile, totalmente contrario al gesto del primo.

"Non essere ridicolo" interviene Estirge, "nel caso non ve ne foste accorti, siamo arrivati qui scortati da un'intera flottiglia di guardie di classe A".

"Se non ci hanno ucciso fino ad ora, lo faranno se proviamo a fuggire", dice Ondina.

"Inoltre, non dirmi che non sei curioso di tutto questo" , Satiro muove le mani in modo teatrale, coprendo l'intero ufficio in cui ci troviamo.

È quando la porta si apre.

With all of this I know now
Everything inside of my head
It all just goes to show how
Nothing I know changes me at all

Blink 182.

Acqua pura delle sorgenti SyanL dice l'etichetta celeste sulla bottiglia di plastica che passo da una mano all'altra. Lo premo leggermente con il pollice, cercando un ritmo, da una canzone che ho lasciato in passato. Perché anche se il tempo scorre e io non ho più ventitré anni, non ho ancora dimenticato. Non avrei dovuto, sono passati solo quindici anni, ma ogni suono, ogni ricordo, ogni urlo e ogni applauso continua a risuonare nella mia testa come l'eco di un batterista solitario in un qualunque whisky club, in SyanL.

La mia mente viaggia molto, costellata da così tante trasformazioni che qualsiasi essere umano esploderebbe con esse. Non sono un essere umano qualsiasi. La vita non mi ha dato l'opportunità di esserlo. I ricordi appaiono così all'improvviso mentre i miei occhi vagano sulla foresta lussureggiante dietro la finestra dell'ingresso. Il vetro blindato, come in ogni edificio governativo di SyanL, mi permette di avere un'ampia visuale dei campi che lo circondano; Non è il mio edificio preferito, personalmente preferisco il mio ufficio nel centro di Sy1. È lì che sono nato, su Sy1. Sono cresciuto nelle periferie del settore più popolato del paese. Sono abituato a tutto ciò che si riferisce ad esso: il clima, i palazzi alti e maestosi, la sua centralità. Anche se quindici anni fa tutto questo non mi impressionava affatto, anzi, mi faceva infuriare vedere l'opulenza nel sistema, Detestavo ogni edificio in mattoni cristallini o grigi, tipico della capitale. Ho scritto molte canzoni disprezzando il governo del mio paese. A quel tempo non avrei mai indossato un abito nero da sessantanovemila dollari, né avrei indossato un orologio di vetro viola, per esso cristalli presi dai Monti LaGem. Non l'avrei mai fatto. Ricordo ancora ognuna di quelle canzoni e non ho smesso di suonare la chitarra, anche se ora è un atto solista. In ogni caso, l'ho sempre vissuta così. Per me il basso e la batteria nella band erano solo accompagnamenti o preamboli di regalità che la chitarra avrà sempre. Forse è per questo che mi sono allontanato da quel mondo, da quegli incontri notturni nei bar dove si serviva solo il whisky di Oyrt, il più volgare e comune della nazione; in questo momento non è più commercializzato apertamente perché offusca l'immagine di SyanL quando si tratta di whisky. È stata Reneé a proporre quella legge quando era consulente commerciale al Senato, due anni fa, quando non aveva ancora ricoperto la carica di esecutore testamentario. Ricordo che salì sul podio, vestita con la sua solita eleganza, guardando tutti tranne me, come se le dasse fastidio dover spiegare le ragioni di quella nuova legge commerciale, che, essendo una sua proposta, non necessitava più di argomentazioni che avallassero .

Anche io ero offeso, avevo appena un anno come presidente e in qualche modo mi ha ferito che parlasse in modo così sprezzante di un whisky che ho bevuto molte volte quando ero un musicista dilettante. Sentivo che lei lo sapeva, che intendeva dimostrarmi con quel discorso, che era contro di me e che sosteneva colui che nelle elezioni era stato il mio candidato di opposizione: Charles Tovar, figlio del defunto Cesare Tovar, che aveva mi ha preceduto nella Presidenza di SyanL. Reneé non sarebbe stata l'unica insoddisfatta, ma era molto forte. In ogni caso, non è stato così, perché quella stessa notte, la più efficace Consulente di Commercio degli ultimi tempi, è entrata nella mia stanza nella Residenza del Governo, con un'autorità che mi ha abbagliato e lasciato senza opzioni. Era dalla mia parte e intendeva esserlo per molto tempo.

Non tutta la passione dei miei giorni con la chitarra era stata consumata quando sono entrato nella Direzione della Cultura Moderna e del Restauro del Patrimonio di SyanL. Non tutta la mia voglia di sentire è stata seppellita quando ho avuto la mia prima promozione a Direttore Generale del Dipartimento, incarico che mi è stato concesso dallo stesso Cesare Tovar, anche se molti ancora commentano che la sua demenza era già in quel momento avanzata e che quindi, regalava posizioni e promozioni a chiunque. Per me andava bene, avevo raggiunto un posto di Direttore con soli ventisette anni. Anche se ero solo, non importava, avrei continuato a scalare. Cesare Tovar, folle com'era, amava la mia gentilezza e simpatia.

"Smarmy" mi dicevano in Cultura e Restauro, invece lo dicevano dandomi una pacca sulla spalla o strizzando l'occhio, alcune donne accavallando le gambe. Anche così, non era un litigio, il vecchio Cesare era una persona migliore essendo un vecchio senile di quanto non fosse nella sua età adulta. E ho vinto non solo lui, ma diversi membri del Senato. L'ho fatto con gentilezza, interessandomi alla loro vita politica e di piazza, invitandoli a cena, sostenendoli nelle campagne di odio che molti organi di informazione hanno portato avanti negli ultimi giorni di governo di Cesare Tovar.

Scendo per il corridoio e la foto dell'ex presidente del Paese mi sorride da una delle pareti. Sento l'aereo atterrare a pochi metri da qui, sulla pista di questo edificio. Un messaggio di Reneé lampeggia sul mio Nexus: "Sono disorientati e spaventati, sarà più facile di quanto pensassimo".

Sorrido, non so ancora se sia per fortuna ma tutto si rivela sempre più semplice per me, più a modo mio, più facile.

Quando ho reso pubblica la mia intenzione di candidarmi alla presidenza di SyanL, ero sicuro che l'intero governo e gli abitanti si sarebbero presi gioco della cosa, perché anche se questi ultimi non hanno avuto alcuna influenza nell'elezione del presidente del Paese, ciò non significava che non potevano esprimere il loro dispiacere o la loro gioia.

È stata una sorpresa, lo accetto, anche se mai in pubblico, che sedici dei venti Capi Dipartimento abbiano espresso il loro sostegno per me, alleandosi con la mia campagna, anche senza conoscermi. Era Charles Tovar o me. Il Senato SyanL ha quindici membri, di cui dieci hanno votato a mio favore.

Attraverso il vetro vedo il gruppo di Animalium scendere dall'aereo debitamente scortato. Mi sembra incredibile che persone così giovani richiedano così tanta sicurezza intorno a loro. Quei volti innocenti non si adattano all'infinita lista di crimini ad essi collegati. E quelli non sono reati minori. Sono tutti omicidi: uomini, donne, giovani, vecchi, con due cose in comune: tutte le vittime di questi giovani erano membri del governo e tutti eravano persone di merda. Il tipo preciso di merda contro cui cantavo quindici anni fa. Allora non avevo altre possibilità, quindi l'unica cosa che potevo fare era manifestarmi in quel modo. La mia musica era la mia unica arma, eppure oggi che sono presidente, le mie mani sono legate da una corda più forte e spessa, quindi trovare questi ragazzi è una fortuna.

Cosa devo fare con loro?

Sorrido al mio riflesso nel bicchiere: usali.

Il presidente Daniel Delonge è un giovane per la sua posizione. Ha trentacinque anni ma è entrato in carica a trentuno.

Quando entra, va direttamente alla sua scrivania, scortato da 5 guardie di classe A. Anche l'esecutore testamentario Reneé entra e chiude la porta alle sue spalle.

"Sarò, ragazzi, conciso e arriverò al punto", dice.

Daniel Delonge indossa un impeccabile completo nero e dopo aver premuto due pulsanti sul suo NexPad, sappiamo che sta registrando tutto ciò che sta per dirci.

Reneé indica 6 sedie davanti alla scrivania. Noto che il presidente non ci ha nemmeno detto buongiorno, ma perché dovrebbe dire buongiorno a un gruppo di criminali?

"Come avete visto, abbiamo tutte le informazioni e i dati che vi incriminano tutti in modo tale che da oggi non avrete più alcun potere decisionale nelle vostre vite, con tutto il fascicolo che ognuno di voi porta c'è due possibili uscite,"

Prima che parli, sono quasi sicura di quello che sta per dire, do una rapida occhiata ai miei compagni, hanno modi diversi di esprimere il loro nervosismo: Satiro si morde le unghie ed Estirge le sue labbra. Il pallore di Ondina contrasta con il viso arrossato di Silfide. Drider muove la gamba in un tic involontario, e io...

"Uno: trascorri abbastanza tempo in prigione per non vedere mai più la luce del sole, da solo, senza mai più vedere il volto di un'altra persona, mangiando quello che mangiano i nostri prigionieri, che sono sicuro che le signore non troveranno appropriato", posso quasi vedere che sta sorridendo.

Sapevamo tutti che sarebbe successo, che non avremmo potuto fuggire per sempre, che siamo assassini e che, per quanto cattive o corrotte fossero le nostre vittime, non avevamo il diritto di...

"Qual è l'altra opzione? ", Chiede Estirge e non so perché lo fa, è una risposta ovvia. Il presidente sorride.

"La tua esecuzione sarebbe stata programmata domani", dice. Ondina si copre la bocca e soffoca un piccolo grido. Per qualcuno che si dedica all'uccisione, ha molta paura di morire. Tutti e sei abbiamo la stessa paura, di trovare dall'altra parte le anime malvagie e arrabbiate che abbiamo mandato lì. La paura di morire è nata da altre morti e l'unico scudo, crediamo, è quello di inviare l'immagine oscura, molti altri cadaveri, prima di presentarci, e cosa c'è di meglio se tutti loro eravano persone di merda.

Se lo sono meritato, Penso, e questo mi dà il coraggio di parlare.

"E qual è lo scopo di questo, allora? mostri le nostre informazioni davanti a noi e poi ci fai sedere qui per raccontarci il destino che ci aspetta, per cosa?" Guardo direttamente Daniel Delonge, i suoi occhi azzurri, sul suo viso le labbra formano una smorfia simile a un sorriso, non mi piace, è un gesto beffardo e determinato.

"So cosa avete fatto" dice "lo abbiamo sempre saputo, Reneé ed io seguiamo da vicino tutti i vostri movimenti Miss Corina, qual è il vostro pseudonimo? Gorgona?" Mi guarda con interesse, "Come la famosa Medusa! Giusto? Ha trasformato gli uomini in pietra al primo sguardo! Letale con quei begli occhi marroni," si ferma. Accanto a me sento Estirge trattenere il respiro.

"Ma se la mia conoscenza della mitologia non mi manca, la povera Medusa ha sofferto molto," mi guarda con empatia, "e lo so anche io," gli brillano gli occhi; non è giusto cercare di cancellare il passato e che una persona come Daniel Delonge, mi ha preso a calci in faccia i ricordi, maledetto presidente, mille volte, non avrebbe dovuto toccare quell'argomento, non sarebbe dovuto andare così molto indietro. Non avrebbe dovuto. Non con la mia famiglia.

"Hai detto che saresti stato conciso, e sento solo le chiacchiere", dico, mossa dalla rabbia, se vuole uccidermi, lascia che lo faccia ora. E invece no, fa il contrario di qualsiasi gesto di morte: ride.

"Attenta alle tue parole" dice Reneé, a cui non piace per niente. La ignoro, lo facciamo tutti, anche il Presidente, che, dopo avermi mandato un ultimo sguardo significativo, si rivolge a tutti noi.

"Il motivo per cui ci prendiamo la briga di avervi qui è darvi una terza opzione."

"Non abbiamo soldi!" dice Ondina, sulla difensiva. Vorrei che non avesse detto niente, ci fa sembrare degli idioti, se c'è qualcosa che ha il governo di Daniel Delonge, sono risorse, SyanL è un luogo che grazie alla produzione di Whisky, ha tutto, nonostante la crisi attuale, rispetto ai suoi vicini, ad eccezione di Toot Nation.

"Non sei ridicola, ragazza," dice Reneé "dalla piccola fortuna che hai raccolto con questo nobile lavoro," il sarcasmo nella sua voce puo essere sentito da chilometri.

Guarda Satiro mentre parla.

"Non significa nulla per noi, sebbene sia raccolto illegalmente, è evidente che è stato confiscato dalla SyanL Nation. In altre parole, siete rovinati."

"E a nostra disposizione," completa Daniel Delonge.

"Allora? Perché siamo qui?" chiede Drider, sta diventando impaziente, lo vedo dal modo in cui sbatte le palpebre, come se la luce lo infastidisse.

"Non pensare che non abbiamo notato alcuni dettagli che si trovano nei funzionari e negli uomini d'affari dei rispettivi curriculum," spiega Daniel, "erano tutti corrotti e persino crudeli, si potrebbe dire".

"Che cosa? Potresti dire?" Estirge ha rilasciato all'improvviso, "erano una merda, tutti e tutte," è la prima volta che parla in tutto questo tempo.

"Silenzio!" Reneé lo fa tacere di nuovo. Non so se è adorazione o questa donna ha un debole per Daniel Delonge. E osano parlare di corruzione e traffico di influenza, è divertente.

"L'accordo è il seguente," Daniel prende il suo Nexus e preme un pulsante, sullo schermo da cui sono uscite le nostre informazioni, viene proiettata una figura che conosciamo bene.

"Nel caso non lo sapessi, questa è Lola Teheran, Presidente di Toot. E anche se quello che sto per dire non è nelle sue posizioni ufficiali, è anche una truffatrice ed è in collusione con la mafia, è il principale responsabile per cui l'industria del whisky SyanL è andata alla deriva negli ultimi anni, al contrario di quanto succede con Toot, che ogni giorno cresce di più come nazione, anche se il suo whisky è mediocre, rispetto al nostro" spiega Daniel Delonge "È tutto molto semplice, capisci?"

Ovviamente lo capiamo, anche prima che lo dica, dal momento in cui il corpo grassoccio di Lola e il sorriso argentato sono apparsi nella proiezione. Abbiamo capito.

"La voglio morta," frase Daniel Delonge, "non solo io, so che ogni cittadino della nostra nazione la vuole finita. E voi ve ne occuperete."

"E perché dovremmo farlo?" La voce di Estirge mi fa stare all'erta, sento la sua rabbia, non uccide perché qualcuno glielo ha ordinato, l'ha fatto per soldi, per vendetta. Abbiamo sempre bisogno di una ragione, e ce la dà Daniel Delonge:

"Perché qualcuno deve morire, lei o voi, ragazzi"

"Non capisco come fai a stare così in pace" dico a Silfide, lei non risponde, continua con i suoi esercizi per almeno altri cinque minuti.

Una volta che ha finito, mi guarda e si asciuga il sudore dai capelli rossicci con un asciugamano.

"Ci hanno risparmiato", dice risoluta.

"Ci stanno mandando a uccidere il presidente di un altro paese!" Rispondo, anche se so che la mia lamentela è ridicola all'inizio, ma Silfide si compiace di riaffermarla.

"E? È quello che facciamo, è quello a cui ci siamo dedicati in questi anni, da dove è venuta improvvisamente la tua anima buona?" Lei dice. La guardo un po' offesa dalle sue parole, che sebbene vere, mi lasciano in silenzio.

"Guarda," continua, moderando un po' il suo precedente tono aggressivo, "Lola è lo stesso tipo di spazzatura a cui siamo abituati a scomparire, e lo sai."

"Sì, può darsi, ma," La mia mente vola veloce ai giorni prima, dove ero prostrata e legata a un letto, duro e ruvido come il granito, con gli occhi coperti.

La mia testa mi proietta tutti quei pensieri paurosi: morire, che stavano per morire anche i miei amici, che Silfide stessa, o Estirge, stavano per morire. Sento il peso alla bocca dello stomaco e devo stare seduta.

"E adesso?" Dice, più seccata che preoccupata per me.

"Niente che ti importi," rispondo, se può fingere di essere arrabbiata, sono anche stufo della sua scortesia.

Cammino lungo il corridoio e vado nella stanza che ci hanno assegnato. Ci sono tre letti, uno mio e gli altri due di Ondina e Silfide. Non ci hanno restituito i nostri vestiti e non credo che lo faranno. D'ora in poi, il governo di Delonge e le istruzioni di Reneé dettano tutto, da come vestirsi a cosa mangiare. Quando arrivo in camera, mi chiudo in bagno e mi tolgo il completo sportivo nero che ci hanno dato per allenarci. Sono già le nove del mattino e ci alziamo alle sei e mezza per fare esercizio. Secondo Reneé siamo abili e precisi, ma negli ultimi giorni siamo diventati deboli, anche se non ha specificato che è stato grazie ai pestaggi che le sue Guardie di Classe A ci hanno dato quando ci hanno catturato. Ecco perché abbiamo una settimana per prepararci fisicamente durante la mattinata.

"Nel pomeriggio dedicherai tempo allo studio di Lola; con il mio consiglio elaborerai il piano necessario per raggiungerla" aveva spiegato.

“Significa che tu…” La voce di Ondina ha avuto problemi a strutturare le sue domande davanti a Reneé “ci accompagnerai nella missione. “

“No” aveva risposto l'Esecutore testamentario “né io né nessuno del governo possiamo venire con voi, la SyanL Nation non può e non deve essere coinvolta in questo, è chiaro?”

E sì, è molto chiaro. Ci penso, ora che le dure gocce di acqua tiepida mi bagnano il viso e il bagno inizia a riempirsi di vapore e contrariamente alla foschia che si forma qui, posso vedere chiaramente i piani di Delonge e Reneé: uccideremo un nostro nemico presidente, se ci riusciamo, torniamo a SyanL alla nostra vecchia vita, ma se qualcosa va storto e il governo Toot ci scopre, siamo soli in questo, perché siamo assassini, emarginati, non siamo riconosciuti come persone del nostro stesso stato . Se abbiamo successo, va bene, altrimenti non importa a nessuno, perché a nessuno importa di noi. Il volto di Estirge, quando sorrideva, mi attraversa la mente, tengo a lui e non solo a lui, anche al resto dei miei amici.

Sento le voci di Silfide e Ondina, sono già nella stanza. Ci serviranno la colazione solo alle dieci e mezza e poi dovremo incontrarci con Reneé alle undici per elaborare il piano in cui io e i miei amici siamo strumenti senza importanza per nessuno.

L'abbigliamento da giorno non è meglio di quello da allenamento: pantaloni un po' larghi e una giacca, entrambi neri. La t-shirt che indossiamo è bianca senza alcun tipo di distintivo.

Ancora non capisco che luogo sia questo; La mattina eravamo in palestra e ora entro nella sala da pranzo, che è enorme, ci sono una cinquantina di tavoli rettangolari bianchi, con sedie altrettanto fredde. Sembra una mensa di un ospedale, eppure tutti i tavoli sono vuoti tranne uno ed è lì che sono diretto.

Non mi vede, posso vedere la sua schiena ei suoi capelli castani arruffati che mi direbbero da mille chilometri che è lui. Indossa il mio stesso vestito.

"Estirge" dico sedendomi di fronte a lui. La sedia emette un rumore metallico quando viene spostata che si diffonde dappertutto come chiodi su una lavagna. Per qualche istante ci siamo semplicemente guardati, analizzando i nostri vestiti e le nostre facce.

"Quel colore ti sta bene", dice.

"Non sapevo se scegliere questo o il vestito a fiori gialli,"
rispondo, lui ride all'improvviso, come se la stessa risata lo
sorprendesse.

"È vero che non ci sono molte opzioni, giusto?

"No, non ci sono, ma credo di non aver voglia nemmeno
di scegliere nulla," guardo intorno "Che luogo è questo?

"Da quello che ho sentito," lui dice, perche lui sempre
ascolta. "un centro di addestramento per Guardie di Classe B
e C, ma li hanno mandati via, per ora ci siamo solo noi, quelli
che ci sorvegliano e pare che quel cucinano," indica il porta,
un uomo magro vestito di bianco si avvicina e senza dire nulla
mette sei piatti sul tavolo. Estirge ed io ci guardammo.

"Eh...gli altri non sono ancora arrivati," fa notare il mio
amico. Il cameriere/cuoco alza le spalle e dopo aver messo in
tavola le sei porzioni, se ne va. Pochi minuti dopo riappare con
sei bicchieri e una brocca di acqua naturale.

"Estirge," dico a bassa voce quando il cameriere esce
di nuovo, "Voglio uscire di qui, non voglio più farlo," sussurro
piano, come se volessi essere sicura di quello che dico . Mi
passa la saliva e vedo che i suoi occhi si muovono da una parte
all'altra, come in cerca di una risposta da darmi sulle pareti
bianche piatte che ci circondano o sui tavoli perfettamente
disposti. Mi guarda e non so perché ho ancora più paura
quando mi prende la mano. Ha molti modi di guardare, molti
dei quali falsi o egocentrici, può aver ucciso molte persone, ma

dentro è solo un bambino spaventato, come me, e quello è lo sguardo che ha ora.

"Non c'è modo di scappare, non possiamo correre rischi, non voglio che tu muoia provandoci" dice, le sue mani sono fredde, "questa volta non voglio che muoia nessuno," il rumore che viene dalla porta gli fa separare le mani dalle mie, gli altri sono già arrivati, si avvicinano e si siedono accanto a noi. Ogni volta che guardo Ondina, è difficile per me abituarmi alla cicatrice che ora mostra sul lato del viso.

Non voglio che nessuno muoia, la frase si ripete nella mia testa per tutto il giorno.

"La più grande complicazione che troverai per eliminare Lola è conoscere la sua posizione. Non è mai nello stesso posto due giorni di seguito, sa che molte persone la cercano e non proprio per baciarla", spiega Reneé, è in piedi, a fare saltuariamente dei turni al tavolo dove siamo seduti. È un lungo tavolo ovale che ha la stessa pulizia e lusso del resto del locale. Reneé indossa un abito blu scuro che deve costare più di quello che abbiamo guadagnato uccidendo i quattro coleotteri.

Questa mattina hanno regalato a ciascuno di noi un NexusPhone, dove abbiamo preso nota di ciò che ci dice Reneé, i dispositivi sono dotati delle applicazioni necessarie, luogo, ore, meteo, registri degli abitanti, ecc. Come spiega, immagini che supportano ciò che lei indica sono proiettati al centro del tavolo.

"Ecco perché," dice, "la missione va compiuta in un solo giorno, nella mostra del whisky che è in programma a Toot e di cui parleremo più avanti, però ricordate: un solo giorno, massimo due, ma quello sarebbe parli di un estremo come la morte di chiunque di voi," commenta meccanicamente.

"È impossibile," Satiro lascia il suo Nexus con riluttanza e anche rudemente sulla superficie di vetro blu del tavolo, "Hai idea di quanto possa essere complesso?" dice a Renée.

"Guarda il tuo tono," sostiene il suo sguardo gelido e impenetrabile; ha il potere di mandarlo a pezzi e di farne una collana. Satiro lo sa e continua a provocarla. Vorrei dire che non lo capisco, ma la realtà è che lo faccio , troppo bene.

"L'idea è la stessa: è impossibile cercare, trovare, uccidere Lola e scappare in un solo giorno, non vedi?

"Ha ragione," gli risponde Silfide, "non conosciamo Toot come conosciamo SyanL, si nasconde e sicuramente ha la massima protezione del suo governo, guardie di altissimo livello che la seguono ovunque".

"E nella remota possibilità di trovarla e ingannare le sue guardie, pensi che Lola non abbia almeno un addestramento di base?" Ondina conclude la dichiarazione. È la prima volta che la sento parlare con sicurezza in questi giorni. I suoi capelli biondi sciolti le cadono sul viso per coprire la cicatrice, eppure sono ancora danneggiati dalle imperfezioni eterne dell'acne.

Reneé esala, infastidita dalle nostre lamentele, non le piace dover socializzare con noi, in fondo siamo esattamente ciò che vuole eliminare da SyanL: un gruppo di assassini.

"Pensavo che avessi l'esperienza di cui parla la tua storia," ci guarda, i suoi occhi si fermano su di me, "ma vedo che non siete altri che un gruppo di marmocchi viziati, annoiati dalla fortuna di famiglia che avevi una volta".

Ancora. La mia gola inizia a bruciare, come ci si sente quando un ricordo difficile, doloroso e imbarazzante ti viene portato davanti al viso.

"Guarda chi sta parlando," mormora Estirge, il viso arrossato, rosso come se avesse bevuto un litro di whisky in un sorso. Reneé lo guarda torvo e poi si gira verso la guardia dietro Estirge.

"Questo," dice, quasi con piacere, la guardia mette la bella arma d'oro puntata sulla fronte di Estirge.

"NO! PER FAVORE!" grido, alzandomi, non posso, un'altra guardia mi tiene e mi indica anche lui. Ondina è la prossima che cerca di alzarsi, ma la voce di Reneé lo impedisce.

"Non una mossa o morirete tutti", dice. I miei amici la guardano con odio, il mio corpo trema come se fosse stato sotto la pioggia per giorni. Odio Reneé incrociare le braccia e guardare Estirge in quel modo, odio le sue labbra sottili che sputano parole che mi daranno incubi per i prossimi giorni.

"Io non sono come te, ho sempre fatto quello che devo, a prescindere dai sacrifici," ci guarda, "quello è l'unico consiglio che riceverai da me," dice. Dopo un lungo silenzio, guarda le sue guardie, "andiamo".

Quando mi rilasciano, mi affretto ad abbracciare Estirge e sento la voce di Reneé:

"Bambini stupidi".

"La ucciderei," dice Silfide, camminando lungo il corridoio, davanti a noi.

"Sai?" risponde Drider, che al contrario, viene dietro al resto, "quel verbo comincia a perdere significato".

"Quale? Uccidere?" chiede Satiro, fermandosi e guardandolo.

"Sì," risponde, "non spaventa più, non provoca più brividi o disgusto, o tremori, è già un luogo più che un'azione, e uno non troppo lontano tra l'altro, da lì non si torna più," dice , i suoi occhi sembrano più scuri del solito.

Camminiamo verso le stanze ancora con la rabbia sulla pelle, Estirge resta in silenzio, le mani in tasca, a fissare il pavimento.

"Ci vediamo domani ragazzi," Silfide li saluta, sbadigliando. Essere stato con Reneé per dieci ore di seguito è estenuante. Nessuno ha voglia di parlare. Satiro ci saluta e ci apre la porta della stanza attigua.

"Corina," dice Drider, mi sorprende sentire il mio vero nome, vedo che Estirge finalmente alza gli occhi e ci guarda , "Posso parlarti un momento?" Drider continua, "Solo?"

Sottolinea la parola quando vede che Ondina ci guarda con curiosità. Annuisco, si avvicina ma non dice niente finché tutti non entrano nelle stanze. Guardo mentre le luci del corridoio illuminano il suo orologio da polso, dove porta il simbolo della vedova nera.

"Ieri mi sono svegliato dopo mezzanotte, non faceva freddo. Quando ho aperto gli occhi ho avuto paura, mi sono guardato intorno ed ero mezzo addormentato, sveglio, non lo so, non ne ero sicuro, ma ho sognato che tu..." mi prende per le spalle, ne sono sicura di quello che dirà, "che non potresi ..." e voglio che stia zitto, perché le sue parole possono causarmi una vera paura, una paura di cui non ho bisogno in questo momento.

"E' stato un incubo," dico, gli prenderei la mano, lo abbraccerei, ma non posso, le mie mani sono fredde, le mie braccia dormono.

"Sì, ma mi ha fatto vedere la realtà," mi mette le mani sulle guance, il suo tocco trema, e la sua paura è contagiosa , "devi andare".

"Andare via? In cui si? Di cosa stai parlando?" Balbetto, in parte penso che stia scherzando ma la sua faccia seria indica che non lo è. Improvvisamente dimentico la paura e voglio colpirgli il naso con tutta la forza del mio pugno. È un idiota?

"Ci ho pensato tutto il giorno, questo edificio è un rifugio militare, ci deve essere un'uscita segreta, una via di fuga, tutti i rifugi di SyanL ce l'hanno e questa non fa eccezione, l'ho pensato"

"Non voglio andarmene," dico, sperando che il mio sguardo lo renda chiaro.

"Sei in pericolo qui!"

"Siamo tutti in pericolo! Noi sei siamo nella stessa situazione!" Alzo la voce perché lui l'ha già fatto.

"Devi capire, Gorgona!" Improvvisamente parla di nuovo lentamente, "è per il tuo bene".

"Come pensi che potrei andarmene così?" Prendo fiato e provo a parlare a voce più bassa "vi lascio qui ragazzi?

"Non puoi nemmeno immaginare il mio incubo," dice, mettendosi le mani sulle orecchie, come se volesse coprire il rumore che fa ancora il sogno. Mi sento in colpa, l'unica cosa che Drider vuole è proteggermi. Non faccio altro che abbassare lo sguardo, la stessa azione che faccio sempre in queste situazioni, mi prende la mano e abbassa ancora di più la voce.

«Dai, dobbiamo pianificare la tua fuga, ma non dovresti dirlo a nessuno, perché ci sarà qualcuno che suggerirà di andare tutti e...»

"Non vado da nessuna parte," lo fermo senza emozioni, "siamo qui insieme, abbiamo commesso tutti lo stesso tipo di crimini e tutti noi uccideremo Lola, lei è l'unico passaggio per la libertà che abbiamo".

"Non voglio che tu muoia," dice, senza più discutere. È strano, abbiamo fatto tanti progetti rischiosi insieme per molti anni e non me lo aveva mai detto così chiaramente. Vorrei dirgli che non accadrà, che deve avere fiducia, che andrà tutto bene, ma dico solo qualcosa che mi esce dalla gola.

"Neanche io voglio morire".

È un uccello che mi sveglia, ma non apro gli occhi all'istante. L'allarme non è suonato e sento i respiri di Ondina e Silfide sui letti accanto al mio. Fuori l'uccello continua a cantare, devono essere quasi le cinque del mattino. Mi rannicchio sotto le coperte, vorrei stare qui così, comoda e calda, senza dover affrontare nessun allenamento, né gli insulti di Reneé.

Provo a immaginare che *lui* sia al mio fianco, fuori da ogni pericolo, che i suoi capelli siano scompigliati dal cuscino, provo a immaginare che non se ne vada mai.

Stringo le palpebre come se volessi che quel momento duri, anche se non è nemmeno reale.

La sveglia sul comodino suona, l'uccello fuori non canta più e l'immagine di lui accanto a me, che ho costruito ad occhi chiusi, non c'è nemmeno.

Apro gli occhi e mi rendo conto che è già l'alba.

Non ci è permesso uscire affatto. Abbiamo giorni senza respirare l'aria limpida, vediamo la luce del sole attraverso le finestre e le stelle allo stesso modo. Ogni giorno facciamo la stessa colazione, pranzo e cena, ma ad ogni pasto beviamo una specie di frullato che dovrebbe darci energia. Per me sa di olio piccante, ma lo bevo ancora. Satiro è l'unico a cui sembra piacere.

"Riporta i ricordi di casa, lo chef è della mia frazione di Sy1, dove è nata questa bevanda energetica, mia madre la preparava tutti i giorni per mio padre, ma a lui non piaceva," Satiro sembra ricordare bene, sorride persino quando lo dice ",e l'ho bevuto perché mio fratello-"

"Ha il sapore del liquido che arriva nelle scatole di tonno," interrompe Silfide, facendo un gesto di disgusto molto esagerato, come se stesse per vomitare, Satiro la guarda, sembra che questo commento gli faccia male, ma recupera subito la sua sembianza sicura di sé .

"Almeno ho un ricordo della mia infanzia," risponde sorridendo ed è una mossa bassa. Silfide non ha un bel pensiero sulla propria infanzia, non sa nemmeno chi fossero i suoi genitori, è stata in un rifugio chiamato "L'esercito dei salvatori" fino all'età di dicieannove anni ed è riuscita a scappare. Cerca sempre di dire così poco a riguardo, e quando lo fa, disprezza il cibo acido e l'acqua sporca in quel posto, per non parlare della vecchia coperta logora dove dormiva.

Immediatamente, Satiro si rende conto che questa volta ha oltrepassato il limite, lo guarda e si alza, lasciando la sala da pranzo.

"Quanto sensibile, Satiro," dice Estirge, "la prossima volta dovresti dirle che hai avuto i tuoi genitori alle feste di famiglia"

"Lei ha iniziato," risponde, bevendo l'ultimo bicchiere, solo che mi rendo conto che prende quello di Silfide e lo beve anche lui.

"La verità è che ha ragione" commenta Ondina con voce appena percettibile "prima ho pensato che volessero avvelenarci".

"Non essere sciocca," dice Satiro, so che si sente in colpa e questo lo rende, desideroso di pareggiare i conti per potersi sentire meglio, "Perché dovrebbero volerci avvelenare se hanno tutto a loro favore per giustiziarci in pubblico? "

"Non prenderla nemmeno con Ondina", dice Estirge. All'improvviso voglio che Satiro continui a farla sembrare un'idiota e mi unisco alla conversazione.

"Ma è vero," dico, Ondina mi guarda confusa e poi guarda Estirge, incredula, come se cercasse le sue parole per difenderla, questo mi fa arrabbiare di più. "Voglio dire, è vero che l'avvelenamento non ha senso," concludo, "è assurdo".

"Grazie", Satiro mi strizza l'occhio "bella, intelligente... e quella malizia," lancia un'occhiata a Estirge e poi di nuovo a me, "di cosa ha bisogno una come te, Corina?", a quanto pare tutti hanno l'improvvisa voglia di chiamarmi con il mio vero nome.

"Deve essere sensata su certe cose," dice Drider, che fino ad ora era stato zitto, so benissimo perché dice che si tratta della nostra chiacchierata dell'altro giorno, quando mi ha detto che dovevo scappare.

"Cosa intendi?" chiede Estirge, ma non c'è tempo per chiacchierare, una guardia viene a dirci che Reneé ci sta aspettando nella sala di proiezione.

"Gorgona?" Ondina mi prende per un braccio mentre ci incamminiamo verso la stanza, ci siamo già tolti l'abbigliamento da allenamento e di nuovo sembriamo dei giovani avvocati con quei vestiti neri. "Sei arrabbiata con me?", mi guarda negli occhi, il suo viso tondo e i suoi capelli biondi, se fossimo mitologia, sembrerebbe una sirena, come dice il suo pseudonimo, anche se d'altra parte le sirene non lo sono necessariamente belle.

"Certo che no," rispondo, ma le ho lasciato andare il braccio con la scusa di togliermi alcune ciocche di capelli dal viso, "perché dici così?"

"Non lo so, mi ha dato quell'impressione qualche tempo fa in sala da pranzo, quando ti sei schierata con Sátiro e tutto il resto", dice, vorrei che abbassasse la voce, Silfide si gira e mi guarda sorpresa , come se l'avessi tradita.

"Non mi sono schierata con nessuno," dico, anche abbastanza in alto perché Silfide ascolti, "non si tratta di schieramenti, Ondina, anzi, questa non è la scuola per camminare schierandosi, siamo tutti insieme in questa orribile faccenda ."

"Sei sicura?" Me lo chiede, insistendo, le sue labbra tremano quando dice qualcosa che fa fermare tutti intorno a me. "Sei sicura di non aver pensato di abbandonarci? Non voglio che ci abbandoni," conclude. Sento quattro paia di occhi su di me, l'unico che non sembra sorpreso è Drider.

"No!" Rispondo alla fine, sul punto di arrabbiarmi. "Da dove lo prendi?" Guardo Ondina e poi Drider, certo che ha commentato. O almeno questo è quello in cui credo prima di sentirlo.

"Ti ho sentito," una lacrima appena visibile gli scorre lungo la guancia, "scusa, ma ti ho sentito parlare con Drider l'altro giorno, perdonami, perdonami Gorgona, non voglio che tu te ne vada, non lasciarmi qui! " dice e mi abbraccia, piange apertamente e sento il senso di colpa che deve aver provato Satiro tempo fa.

"Allora avresti dovuto ascoltare anche tu," si inserisce Drider, ci separa e, fissandola, la indica, "avresti dovuto sentirti, che Gorgona ha detto che non andrà da nessuna parte, che non vuole lasciarci e che ha rifiutato la mia proposta."

"Tranquillo" interviene anche Satiro, mettendosi in mezzo "calmati, Drider, va tutto bene," ma nonostante i suoi tentativi, Ondina sembra sconvolta e risponde quasi subito.

"Ma non so, non sappiamo se tu e Gorgona avete altri incontri segreti, non so se ci hai parlato in altre occasioni, non so se l'hai convinta, Non so se ha detto di sì!" Lei lo guarda con una certa rabbia e i suoi occhi sono rossi, le sue lacrime non smettono di uscire, una dopo l'altra, anche la sua bocca rossa si è un po' gonfia.

"Vediamo" parla anche Silfide, altrettanto turbato. "Che meraviglia! potrebbe essere che con questa unione possiamo andare per Lola e avere successo?... Questo è assurdo, nessuno va da nessuna parte. NESSUNO. È impossibile, Reneé non ha difetti di sicurezza in questo edificio, non può rischiare che uno di noi vada a Toot per dire a Lola che sei assassini stanno cercando il suo corpo grassoccio pieno di smagliature, è chiaro?" Silfide parla con fermezza e vedo Drider annuire, rassegnato perché il suo piano iniziale riguardo a me è stato sciocco. Ma poi, come se un'ape mi avesse punto, scopro cosa mi infastidisce così tanto in questo momento: il suo silenzio.

"E tu? Non dici niente?" Ho le labbra secche, Estirge alza le spalle e storce la bocca con indifferenza.

"Non lo so, resta, vai, fai quello che ti piace," e proprio così, va nella sala di proiezione dove sicuramente Reneé è molto arrabbiata ad aspettarci. Drider e Satiro lo seguono. Non so perché, ma sento che con quelle parole il discorso è finito, che se un giorno qualcuno lo riapre può essere solo lui.

"Sicuramente il giorno peggiore da quando siamo arrivati qui", dice Silfide. Mi prende per le spalle, "stai bene?"

E la verità è che non lo sono perché so che con questo tipo di episodi, ci uccideranno nel preciso momento in cui calpestiamo Toot.

Non lo sono, perché a Estirge non importa se me ne vado o resto qui. Non lo sono perché all'improvviso mi guarda come se quelle scene infantili fossero colpa mia. Non lo sono, voglio bere qualcosa di forte, whisky di SyanL, un bicchiere di Joan Megghia che mi affonderà in gola e lo sigillerà come una candela sigilla il ferro, così che non mi lasci dire quello che voglio dire. Non lo sono, vorrei che la mia storia di vittime potesse essere cancellata come nei registri del Nexus domestico. Non lo sono perché so che moriremo e non lo sono perché non voglio più uccidere nessuno, nemmeno Lola.

"Sì sto bene."

“Vieni?” Silfide mi sorride e si dirige verso la sala di proiezione.

"Gorgona?" Ondina mi dice ancora, la guardo, “ti prego, non abbandonarci mai. Senza di te questa missione è un fallimento” dice prima di inseguire Silfide. Penso alle sue parole, ma poi ricordo quelle di Estirge, penso sia piuttosto il contrario, che questa missione, con me, sarà un fallimento.

"Oggi ti darò la spiegazione più importante e voi avete il lusso di fare tardi e sprecare il vostro tempo e peggio, il mio", dice Reneé. Non mi sorprende più, è il suo ruolo. O non so se lo sia, ma le sta benissimo.

"Comunque non chiedi pere all'olmo", continua rassegnata. Non la capisco, se siamo inutili come dice lei ogni volta che ha una possibilità, perché noi? "Ho bisogno che voi prestate attenzione e ponete tutte le domande necessarie, anche se sembrano assurde e penso che lo saranno," strizza gli occhi mentre preme lo schermo del suo Nexus.

La figura di un uomo grasso, mezzo calvo, con un abito alto, ma non abbastanza da nascondere il suo stomaco gonfio si proietta davanti a noi come quel giorno ci furono presentate le nostre stesse immagini, con la storia dei crimini di ognuno di noi. L'uomo grasso nella proiezione fuma e si passa la mano tra i capelli radi, come se fosse un uomo attraente.

"Questo è Ramón de Barbé", spiega Reneé, "è Presidente della Rete di Comunicazione Generale di Toot e Direttore Generale di TootVision, nonché azionista di maggioranza di InterToot".

"Uffa, e per caso non vende cioccolatini anche fuori dal cinema?" Satiro stuzzica, Reneé lo guarda torvo prima di continuare. Non è dell'umore giusto per i commenti del mio amico.

"È vero che Ramón de Barbe è un uomo molto impegnato nel suo lavoro, non ha una famiglia unita, più di qualche nipote, vive con una donna, ma i rapporti mostrano proprio che la vita di Barbé è incentrata sul lavoro . È una delle persone che dovete attraversare per arrivare a Lola", spiega Reneé. La proiezione sotto mostra una mappa.

"Ramón sarà semplice, potrebbe essere un alleato di Lola, ma i nostri informatori indicano che cerca il potere per se stesso, quindi qualsiasi tentativo di rimuovere Lola dal mezzo sarà ben accolto da lui.

"È lo scagnozzo di Lola?" Chiedo, Reneé annuisce.

"Sì e uno degli uomini più potenti di Toot."

«E perché non stabilire una connessione con lui? Un'alleanza?", chiede Estirge, la sua bocca si muove con sicurezza, sembra molto concentrato.

"Questo è fuori discussione, non elimineremo Lola per lasciare la strada a qualcuno anche peggio e Ramón è sicuramente peggio di Lola".

"Così?" Estirge sembra confuso.

«Allora uccidi Ramón. Periodo."

"È l'unica persona che potrebbe essere un ostacolo?" chiede a Ondina prendendo appunti sul suo Nexus.

"No," risponde Reneé, "sebbene sia una parte molto importante del piano, visto che la missione si svolgerà nella sua residenza, durante un Whisky Exhibition Gala che proporrà e al quale sono invitate le crème de la crème di Toot. Entrerai di soppiatto".

Nella proiezione appare una nuova immagine, è un giovane, non più di trent'anni, alto con occhi verde scuro, capelli mossi e, come si vede, denti perfetti in un sorriso perfetto. Indossa un elegante completo grigio, ma cerca per qualche motivo più spensierato del precedente, a dire il vero, è vicino ad essere il ragazzo più attraente che abbia mai visto e a quanto pare non sono l'unic a pensarlo.

"Oh Dio... chi è lui?", chiede Silfide, non posso fare a meno di ridere. Reneé ci guarda come se fosse l'insegnante che sussurra due studenti sussurrando.

"Si chiama Alex Zendejas, è Presidente della Banca Nazionale di Toot, gestisce personalmente praticamente tutti i conti delle persone importanti di quel Paese, oltre a quello dello Stato stesso. Ramón de Barbé si fida di Alex, Lola si fida di lui allo stesso modo, perché tiene traccia dei loro conti finanziari, tuttavia Alex Zendejas non sarà l'unico uomo di grande fiducia per Lola che parteciperà anche al Gala".

"Allora, questo Alex", dice Satiro, "è buono per tre cazzate. Non è nessuno".

"Sì", completa Estirge, "sembra inutile".

"Potremmo semplicemente eliminarlo, no? Anche se non è l'unico", conclude Drider. E a proposito di comportamenti scolastici, questi tre, gelosi di un potenziale nemico.

"Dovrai eliminarlo", chiarisce Reneé, "non lo proietto qui solo per poter ammirare il suo bel viso" dice e la sua voce sempre acida si addolcisce un po', sicuramente la bella parte del viso lo ha detto perché è inevitabile pensarci.

"Alex Zendejas ha molta importanza nel gabinetto di Lola, dal momento che è il diretto manager delle finanze e del sistema commerciale di Toot, che include le produzioni di whisky" Reneé rimuove l'immagine di Alex, "tuttavia, in tutta Toot non c'è cane più fedele a Lola del capo della sicurezza".

"So chi è, l'ho visto in rete", accenna Estirge, "Luis Romano, vero?"

"Beh, almeno qualcuno di voi si prende la briga di indagare", gli sorride Reneé, premendo un pulsante che fa scomparire la figura di Alex e proietta un uomo basso, dai capelli grigi, vestito di nero, con un Nexus tra le mani, che a a prima vista, non sembra minaccioso, tuttavia ho imparato che quelli sono i peggiori.

"Questo, come ha già detto il tuo partner, è Luis Romano, un uomo molto pericoloso che darebbe la sua vita e quella della sua stessa famiglia per proteggere Lola.

"Sì, è il braccio destro del presidente di Toot", afferma Estirge.

"Uhm... ho una domanda" dico e so che probabilmente suonerà assurdo, ma devo farlo, "è assolutamente necessario ucciderli tutti e tre?", passo la saliva alla fine di la mia domanda, Reneé mi guarda incredula, "Voglio dire... è Lola che vogliamo, giusto?", concludo. Reneé incrocia le braccia e sembra riunire la pazienza prima di rispondermi.

"Aspetta...cara Gorgona, ti stai addolcendo?", mi chiede. Guardo il tavolo, poi l'immagine di Luis Romano e infine Estirge.

"No", rispondo, "ma se lasciamo traccia di una strage del genere, delle figure più importanti di Toot, Lola saprà subito che stiamo andando per il pezzo grosso che è lei, il Consiglio Mondiale della Pace lo farà sospetto qualcosa", concludo e alzo lo sguardo per incontrarla negli occhi, orgogliosa della mia stessa argomentazione, ma lei si mette le mani sul viso seccata, come se non sopportasse più l'inettitudine che apparentemente distillo ad ogni parola.

"Ti avevo già detto che questo dovrebbe essere fatto in un solo giorno, giusto? Nel Gala che organizzerà Ramón de Barbé", mi guarda come se fossi stupida e poi oso alzare la voce, mettendo contemporaneamente il Nexus davanti a lei. "Lola è il nostro obiettivo principale, ma il caos che si scatenerà con la sua morte dovrà aumentare con il completo crollo del suo gabinetto di scagnozzi.

"Sai quanto velocemente questo dispositivo può trasmettere notizie ed eventi?", La mia voce esce più alta di quanto avrei voluto, mentre la indico con il mio Nexus. Reneé alza l'indice davanti ai miei occhi, per un momento mi sembra che mi colpirà, ma non è così.

"Primo: ti ho avvertito: NON PARLARMI COSI'!", esclama. Nessuno dice niente e continua, ora con voce più moderata, "e secondo: tu compagno Adolfo…Drider, sarà al comando di disattivare il sistema poco prima di iniziare l'operazione, con questo sarà complicato, ma non impossibile, che ci siano prove visive al Gala, e ancor più improbabile che le immagini vengano inviate al World Peace Council, si tuttavia non perderai alcuna connessione perché sarai in comunicazione con la rete di SyanL, non con quella di Toot.

"In altre parole, dovremo ucciderli tutti e quattro contemporaneamente?", chiede Satiro.

"Stiamo parlando dei leader in Finanza, Comunicazione e Sicurezza della nazione Toot, ovviamente i loro nemici stanno crescendo di numero, non dubito che ce ne saranno diversi a quel gala, sono abbastanza sicura che ogni giorno lo sappiano le loro teste sono in pericolo. Dobbiamo fidarci di questo".

"Fiducia?", dice Silfide incredula, "quindi in fondo la nostra missione è basata sulla fiducia?", ha quel gesto felino che fa quando si arrabbia, si trattiene per non esplodere .

"Ogni cosa ha il suo rischio", risponde Reneé senza batter ciglio, "lo sai benissimo", sorride, dannata puttana.

"Lo capisco", esordisce Estirge, la sua voce chiara e quasi sarcastica riempie la stanza, "ma cosa succede dopo? Supponiamo di avere successo e di arrivare a Lola senza problemi, supponiamo che tutto vada secondo i piani e che la uccidiamo."

"Mi piace il tuo atteggiamento, Jimmy", interrompe Reneé, posso quasi giurare che lei gli sorride con un certo flirt. Puttana, chiamandolo con il suo vero nome.

"Cosa succede dopo, Reneé?", Continua a parlare senza prestare attenzione alle sue pose ridicole. "Come usciremo da Toot? Come torneremo a SyanL?"

"Ci sarà un jet ad aspettarti, tracceremo la vostra posizione."

"Un jet di SyanL?" Chiedo, Reneé mi guarda di nuovo, sminuendo la mia domanda con il suo gesto.

“Ovviamente no, ragazza”, dice sfinita, poi spiega, “sarà un jet da mercato nero, non possiamo rischiare con un veicolo ufficiale”.

“Ma… no”, Silfide dice infine quello che tutti pensiamo, “cosa succede se il jet non arriva? Cosa succede se viene intercettato o abbattuto?" Guarda Reneé, gli occhi espressivi della mia amica pieni di paura e rassegnazione allo stesso tempo.

“Ancora una volta ragazzi, dovremo fidarci. Dopotutto, un gruppo di assassini deve avere una specie di amicizia con la fortuna, giusto?"

Busso forte alla porta della camera da letto, come se loro tre dovessero pagarmela, come se loro tre mi avessero fatto sentire così.

Ma devo farlo oggi, domani andiamo in Costiera, poi a Toot e durante tutto il viaggio non potrò, tanto meno durante la missione.

È Satiro ad aprire la porta, con indosso solo jeans e come sempre, non si vergogna a non indossare la maglia, anche se ci troviamo in questa situazione.

"Ho bisogno di parlare con Estirge," dico, incrociando le braccia, con un tono di voce duro, cerco di non vedere il suo addome, che in realtà è abbastanza carino.

"Parlarlo o schiaffeggiarlo?" Scherza, ma io non sono dell'umore adatto, sembra che Satiro lo capisca in fretta. "Estirge, qualcuna ti sta cercando! Non vuoi entrare?" Mi chiede.

"No grazie."

"Che cos'è?" Estirge è già sulla soglia, accanto a Satiro.

"Devo parlarti."

"Eccomi," appare davanti a me un Estirge arruffato con la faccia assonnata.

"Vieni con me a fare una passeggiata?" Dico, Satiro ci guarda e si acciglia e poi torna all'interno della stanza. Estirge esce e chiude la porta alle sue spalle.

Camminiamo lungo questo corridoio che sembra un enorme cubo grigio senza fine. Improvvisamente quello che ho provato nella mia testa tutto il pomeriggio non è così facile da dire.

"Di cosa vuoi parlare?" Mi chiede come se questo fosse un giorno normale, come se non fosse domani il giorno in cui ci imbarcheremo in quello che indubbiamente assomiglia a un suicidio collettivo.

"Ricordi la missione che avevamo prima che ci catturassero?" Dico, sorride, cammina con le mani in tasca, sembra che gli stia chiedendo del suo ultimo compleanno e non di un omicidio a sangue freddo.

"Certo, è stato quello che ci ha messo qui: l'esecutore testamentario".

"Sì, è quello che voglio dire, nel momento in cui gli ho sparato" comincio, Estirge mi guarda e mi mette una mano sulla spalla, ignoro il gesto e tutto quello che provo con esso.

"Non c'è motivo per te di sentirti responsabile per averci beccati, c'ero anche io e beh, è vero che anche Drider ne ha partecipato", la sua voce si disperde un po', come a sminuire d'importanza. Non so se sta cercando di togliere importanza a Drider o all'omicidio stesso.

"No, non mi sento in colpa, anzi è quello che voglio dirti: nel momento in cui gli ho sparato, quando è caduto a terra, quando siamo scappati e anche andando in aeroporto quel giorno, non l'ho fatto sento alcun senso di colpa, né con gli altri che ho mai eliminato" mi fermo prima di continuare, "se lo meritavano".

"Sono totalmente d'accordo" risponde.

"Ma," e poi finalmente lascio andare quello che mi tortura da giorni prima di andare a letto, "Lola se lo merita?", stringe gli occhi, come se cercasse con estrema cura una risposta, si morde perfino il labbro, come quando è nervoso.

"Non so se Lola se lo meriti, e non parlo solo di morire, ma di lasciare la sua nazione in completa impotenza, senza un leader, aperta alle rivolte e alla guerra civile, come è successo 19 anni fa, prima che arrivasse per dare potenza. Toot è un piccolo Paese, molto più piccolo di SyanL, ma negli ultimi due decenni hanno mostrato una produttività finanziaria e commerciale di quasi l'ottanta per cento, voglio dire è vero che il loro whisky non arriva nemmeno ai panni di SyanL, però senza il loro presidente, crolleranno, non ci sono dubbi. Quel poco che hanno ottenuto in questo tempo, andrà sprecato".

“Ecco cosa intendo, la vittima non è solo lei, è Toot, sarà come se ogni cittadino avesse ricevuto il colpo, cittadini come noi... cittadini come eravamo una volta, tanti anni fa,” spiego, lui annuisce e mi guarda preoccupato, con quell'espressione che ho visto tante volte.

"Non ti porterà da nessuna parte per pensarci."

"Lo so! E non è che mi sto addolcendo come diceva Reneé, ma se lo meritano? La gente di Toot se lo merita? Tu meglio di chiunque altro sai che non sono una sostenitora del governo Toot, sai che parlo male sempre di loro quando si parla di whisky, ma questo? È questo che dovremmo fare? Non so se c'è un modo meno duro per dirlo, se lo meritano? Cerco una risposta nelle sue pupille, ma sembrano diverse, lontane da questo momento, lontane.

"Meritare? Meritare è una di quelle parole che per me hanno perso significato da... tanti anni fa, quando mia madre mi abbandonò e io avevo due giorni. Non so con certezza tutta la storia tra mio padre e lei, non ne è mai stato chiaro, mi ha solo detto che se n'era andata, che non poteva e non voleva prendersi cura di me, che non ero il tipo di bambino che potrebbe amare, sicuramente da adulta mi mancherebbero tante cose... e perché? Ero solo un bambino, un bambino sano e innocente, avevo due fottuti giorni!", dice e si gira verso di me, come se fossi quella madre con la faccia offuscata che cerca di cancellarlo dalla testa, “Me lo merito, Corina? Me lo sono meritato!?" dice, indicandosi per sottolineare il suo gesto.

Non so cosa dirgli, io taccio e anche lui. L'unica cosa che faccio perché non Per sentirmi capace di più è mettergli una mano sulla spalla, come ha fatto solo pochi istanti fa. La sua spalla si irrigidisce in quell'istante, con quella carezza.

"Questa è la vita, Gorgona, dovresti saperlo bene" dice infine, "e io penso a noi", per un attimo penso che si riferisca a lui e a me, ma non "noi sei, cerchiamo il peggio, non solo di questi giorni, ma sempre... Satiro e Silfide con i loro drammi o Drider e le loro lamentele quotidiane su tutti, o Ondina che piange se le dici che ti fa male la testa, ci penso e", mi guarda, "noi cerca sempre il peggio, e lo sai? Arriva tempi difficili, non dobbiamo perquisirli".

E poi non devo abbracciarlo perché è lui che lo fa, né posso dirgli che ho paura di perderlo e che, questo è il motivo principale che mi muove: paura di perderlo per sempre.

Reneé si è sforzata di essere fastidiosa da quando ci ha visti per la prima volta. Ma quel che è peggio, le piace essere quel tipo di persona e lo mette in mostra ogni volta che ne ha la possibilità.

"Non ho amici e sto molto bene", aveva risposto a Ondina in una seduta in cui ci diceva cosa fare in caso di emergenza. La prima regola era scappare e la seconda tenere la bocca ben chiusa .

"E i nostri compagni?", era stata la domanda di Ondina, "Come potremmo lasciarli?", La risposta era stata altrettanto chiara, Reneé non mantiene alcuna amicizia. E le credo, si vede chiaramente che il presidente Delonge le basta.

Sílfide pensa di essere una cercatrice d'oro e una scalatrice, può darsi che abbia ragione, ma c'è qualcosa che in Reneé non viene mai meno: la sua organizzazione. Ed è questo che ci permette di creare un piano ben progettato per arrivare a Toot senza alcun sospetto. Siamo partiti ieri e non abbiamo viaggiato direttamente a Toot. Andiamo prima sulla Costa perché era il piano quando volevamo scappare, prima che tutto questo iniziasse. Così l'aveva messa Reneé.

"Rimarrai due giorni sulla costa, poi, separati da orari e con diverse vie di trasporto, viaggerai a Toot, martedì. Alle nove del mattino viaggeranno Jair e Viviana, in treno, le informazioni di viaggio sono nelle cartelle: ordine, biglietti, ecc..."

"Treno?", aveva detto Satiro roteando gli occhi, "dalla costa a Toot, andiamo in treno? Cinque ore?", guardò Reneé con evidente fastidio.

"Non perderò tempo con domande così idiote", rispose senza guardarlo. "Adolfo e Dulce viaggiano in treno proiettile alle tre del pomeriggio, arriveranno a Toot verso le sei del pomeriggio".

Silfide mi aveva guardato senza trattenersi. Drider le è sempre sembrato scontroso, noioso ed esigente. Sicuramente non avrebbe parlato durante il viaggio e avrebbe criticato tutto ciò che faceva.

"Jimmy e Corina viaggeranno alle dieci di sera, in aereo" aveva informato Reneé, ho aperto la cartella con i documenti di viaggio, almeno lui sarebbe stato con me e avremmo potuto continuare a parlare. Viaggiare con Estirge mi ha sorpreso , é quello che potrebbe essere l'ultimo viaggio della mia vita. Speravo che stesse pensando la mia stessa cosa, ma stava studiando attentamente la sua cartella finché Reneé non ha detto qualcosa che ha fatto girare lui e anche me.

"Corina e Jimmy viaggeranno contemporaneamente, ma su un aereo diverso."

"Cosa? Perché?" La guardai con l'intenzione di gettarle la cartella in faccia. Mi aveva guardato, increspando le labbra, come soffocando un sorriso prima di parlare:

"Ho detto che non risponderó domande stupide."

"Perché mendicanti e assassini hanno le storie più interessanti", dice Satiro sull'aereo, sono seduto accanto a lui, siamo a pochi minuti dall'atterraggio su La Costa. Mette il latte nel suo tè alla cannella, a differenza di Estirge, non beve mai caffè.

"Ti ho chiesto se non sei nervoso o preoccupato," dico a bassa voce assicurandomi che nessuno stia ascoltando.

"Ecco perché non lo sono, ho sempre voluto che la mia vita fosse una storia interessante e sta per esserlo", dice e alza la mano per attirare l'attenzione dell'assistente di volo, che si avvicina immediatamente.

"Signore?" La bruna dai fianchi molto larghi e la vita minuscola gli sorride, il candore dei suoi denti contrasta con la sua pelle, mi ricorda le modelle dell'antica repubblica africana, un tipo di bellezza molto classico che va di moda ultimamente. Satiro ama quel tipo di bellezza.

"Avrò bisogno di più zucchero, tesoro," le fa l'occhiolino, ho visto quel gesto così tante volte che proprio in questo momento lo trovo fastidioso così gli prendo la mano e guardo innocentemente l'assistente di volo.

"Mio marito non dovrebbe più mangiare così tanto zucchero, signorina, non ci porti niente per favore" Sorrido e metto la mano sulla gamba di Satiro, lei mi guarda a disagio e se ne va.

"Ma che diavolo Gorgona? Se muoio, porterai il senso di colpa di aver portato via il mio ultimo momento di felicità.

"Non essere sciocco" tolgo la mano e mi schiarisco la gola "Voglio parlarti e non ho bisogno di qualcuna con le gambe lunghe che ti distragga," prende un sorso di tè, indossa un completo tipo quelli che indossa di solito e un cappellino che sembra qualcosa dei negozi più esclusivi di Kaoy, la nazione specializzata per eccellenza nella moda.

"Parlare di cosa?"

"Beh, lo sai che non è facile," all'improvviso non so come dirlo "è tutto molto complicato... la nostra sicurezza, sapendo se staremo bene o no... o come hai detto tu!, domani magari ..."

"Va bene," mi ferma, "so cosa intendi e so cosa dirai," mi guarda mentre continua a mescolare il tè con il cucchiaio d'argento.

"Sai? Grazie al cielo, voglio chiederti, come amici, per favore, Satiro.."

"No" dice e continua a bere il suo tè.

"No? Come hai potuto dire di no? Non ti ho nemmeno detto di cosa parlo," rispondo, Satiro mi guarda dritto negli occhi.

"Vuoi che guardi le spalle di qualcuno, vero?" Il suono del cucchiaio con la tazza risuona più del dovuto. Estirge si gira da un paio di sedili davanti e alza le sopracciglia, come per chiedere se c'è un problema. Satiro gli sorride con la cordialità di una nonna e alza la tazza di tè come per brindare. Si gira di nuovo verso di me, continuando a guardare la schiena di Estirge.

"E so chi hai in mente," avverte, mi sento in imbarazzo ma a lui non importa.

"Lo faraí?" Insisto, anche se ha già dato la sua risposta. Satiro lecca un po' di zucchero residuo sul cucchiaio, non mi guarda, i suoi occhi sono lontani, assorbiti da qualcos'altro. So che tornano alla memoria di un ristorante, di una cena di lavoro.

"Se vedete qualche veicolo delle Guardie di classe A, dammi il segnale e partiamo da qui, per la B e la C non ti preoccupare, le ho comprate tutte"

E questo è sempre stato il punto in cui Satiro si è fermato quando ha raccontato quella storia. Aveva deluso la persona più importante della sua vita, anni prima.

"No."

"Perchè no?" non mi arrenderò così facilmente.

"Ho già promesso che mi sarei preso cura di qualcun altro", risponde, appoggiando la tazza sul tavolo pieghevole.

“Prenditi cura di chi?

"Di te”

Alle undici del mattino sbarcammo sulla costa. Satiro accanto a me sembra impeccabile, pelle pulita e capelli mossi in ordine. I miei capelli sembrano una spugnetta usata e la mia pelle risplende in modo disgustoso. Prima che Satiro si svegli, mi asciugo la faccia con un fazzoletto. Il resto dei miei amici, ognuno al proprio posto, si è già svegliato. Silfide vestita come se fosse pronta per una routine di allenamento beve un liquido verde pastoso.

Passeremo due giorni al mare ma non possiamo lasciare l'hotel.

"Vuoi dirmi chi ti ha chiesto di guardarmi le spalle?" chiedo a Satiro, lui sbadiglia scuotendo la testa e mi mette una mano sulla faccia, sperando che non si accorga che la mia faccia è unta dal sonno.

"No, mi dispiace, sono un caveau."

Quando scendiamo dall'aereo sento la brezza tiepida sul viso, il calore della costa è davvero unico. È sempre nuvoloso, il sole non esce ea volte piove per settimane, ma il caldo non si ferma, qualunque cosa accada. Non sanno cosa sia il freddo. Ma siamo abituati a SyanL che è un posto pieno di tutti i climi, motivo per cui è così facile avere un buon whisky in casa. Ma gli abitanti della costa non hanno mai sentito il vapore che sale dalle loro bocche quando espirano in un giorno coperto di nuvole gelide, non hanno mai assaporato il calore di una coperta in una notte gelata.

Siamo tra i tanti turisti che giungono in Costiera in questo periodo dell'anno, di ogni età e ceto sociale. Le persone di SyanL sono uniche nelle loro vacanze. Un anno fa il presidente Delonge ha promosso un programma di ferie in cui veniva loro concesso un generoso bonus per le ferie, scambiabile solo con trasporto e alloggio, quel bonus avrebbe dovuto essere pagato con sconti del trenta per cento sullo stipendio, ovviamente con un alto tasso di interesse . Delonge sa benissimo che ai cittadini di SyanL piace vivere bene e divertirsi, anche se ciò significa soffrire durante il resto dell'anno.

La produzione di whisky in SyanL è diminuita drasticamente ed è per questo che Daniel Delonge prende questi passi. È consapevole che è il whisky in cui il suo governo deve investire e le risorse devono provenire dalle persone stesse.

La nostra nazione è volubile, con abitanti che hanno un debole per la ricchezza e forse noi sei portiamo questo tratto con intensità. Inoltre, SyanL è noto per avere abitanti di generale bellezza, occhi grandi, un marrone diverso ciascuno o un blu intenso, una bocca delineata e un viso che dà l'impressione di essere sempre sorridente. Non siamo perfetti, ma in altre nazioni si dice che ci avviciniamo abbastanza, non importa il peso, l'altezza o la personalità, in SyanL c'è bellezza. Questo è precisamente il motivo per cui è così fastidioso per gli abitanti della mia nazione, non poter avere i lussi desiderati, così è stata la vita a SyanL per molto tempo. L'opposto della gente di Toot. Nella nazione di Lola, tutti lavorano a marce forzate e non smettono di aspettare. Il sistema lavorativo di Toot è applaudito e ammirato da molte altre nazioni; Hanno solo un giorno libero e questo è facoltativo, c'è chi non lo prende, la loro industria del whisky, per esempio. Paesi come KanL, TyaL, Lonn sono i lavoratori più duri, ma anche loro mostrano ammirazione per Toot in materia di produttività.

In SyanL non è così, al presidente Daniel Delonge piace tenere discorsi costanti su quanto sia importante il riposo, in modo che i cittadini possano dare il cento per cento, sottolinea anche che nonostante il fatto che la nostra industria del whisky abbia due giorni di riposo una settimana, ci basta rimanere i preferiti del mondo intero, in termini di qualità della bevanda. E ha ragione. ma anche loro mostrano ammirazione per Toot a questo riguardo.

Tuttavia, recentemente le manifestazioni e le marce dimostrano che le persone di SyanL non vogliono essere viste come un bel pacco, senza niente dentro, sono persone che soffrono e Delonge cerca di rimuovere quella sofferenza, ma non sa come fare. Io dubito fortemente che uccidere Lola Teheran sia la soluzione. Amo il mio paese, lo venero e ho ucciso coloro che dovrebbero essere morti, coloro che lo hanno picchiato di più. Ma SyanL porta un disordine naturale, in ognuno di noi.

"Non capisco perché dobbiamo restare in albergo due giorni", mormora Silfide accanto a me.

"Perché non siamo in vacanza, ragazza," risponde Drider, alzando gli occhi al cielo.

"Non te lo stavo dicendo", dice, lui la ignora, come se l'unica cosa che conta fosse quello che ha detto e continua.

"C'è sempre la possibilità che qualcuno ci scopra."

E come se lo avesse chiamato lo stesso Drider, un ragazzo poco più che ventenne, si avvicina a noi. La prima cosa che mi colpisce sono i suoi setosi capelli castano chiaro, come se avesse passato ore in salone di bellezza e stesse andando verso una passerella a Kaoy. Ha gli occhi luminosi, il tipo di occhi che nascondono una malizia della vita. Il suo sorriso è discreto, per un attimo il mio sguardo si scontra con il suo. La piacevole visione è offuscata quando la mia mente torna a quella brutale mattina in aeroporto, quando siamo stati catturati.

Si ferma davanti a noi e i nostri sei Nexus iniziano a suonare contemporaneamente, mi precipito a prendere il mio e sembra che basti, perché smettono di suonare quando rispondo.

"Sì?" Dico.

"Corina? Avrei preferito che Jimmy rispondesse, ma comunque. Lui è Joshua Castillo L," Lo guardo, e lui alza un sopracciglio, come se sapesse che Reneé mi ha appena detto il suo nome, "d'ora in poi sarà sempre con voi ragazzi, non chiedete altro, l'unica cosa che dovete sapere su lui, è che è un esperto in tutto ciò che voi dici di essere", sottolinea il *dici*: "armi, esplosivi, ecc. Joshua parla sette lingue, che conosci fluentemente e ha contatti in Toot. È completamente fidato da me ed è stato nominato direttamente dal presidente Delonge. Questo è tutto," e riattacca il telefono.

"No, Reneé, aspetta", dico, pur sapendo che l'unica risposta è il silenzio.

"Joshua," dice il ragazzo, porgendomi la mano, guarda me e poi gli altri, "andiamo adesso?"

"È la prima decisione che applaudo a quella puttana!", dice Silfide, gettando i suoi bagagli sul letto.

"È simpatico, niente di entusiasmante", dice Ondina.

"Sei pazza per finire, il ragazzo è bellissimo," Silfide la guarda e Ondina abbassa lo sguardo.

"Suppongo che sia molto bello," dico infine.

"Saranno consentiti rapporti affettivi con lui?" Silfide si controlla il trucco davanti allo specchio a figura intera tra il suo letto e il mio.

"I ragazzi non erano molto contenti quando Joshua si è unito a noi", dico, ed è vero. Quando siamo arrivati all'hotel, Joshua ha detto che doveva condividere una stanza con Estirge e durante il viaggio verso il posto, Drider, Satiro e lo stesso Estirge hanno avuto una risposta simile per ogni domanda che Joshua ha posto loro.

"Hai viaggiato molto sulla costa?" L'aveva chiesto a Satiro. Alza le spalle.

"Mi piace il tuo orologio, dove l'hai comprato?", A Drider. Alza le spalle.

"Una volta ho letto un romanzo sulla mitologia, è interessante, capisco che ti piacciono i libri," Estirge. Alza le spalle.

E anche così, quei tre gesti, a Joshua non sembrava importare, continuava a sorridere, guardando fuori dalla finestra.

"Mi piace che sembri sul punto di ridere," dico all'improvviso, tornando nella stanza.

"Sì, sì, è vero" interrompe Ondina, "è vero, ha un bel sorriso".

"Non hai appena detto che non era niente di cui parlare a casa?", ride Silfide. Ondina alza gli occhi al cielo.

"Vediamo, è chiaro che è bello", dice, "nemmeno io sono cieca".

"Non è quello che hai detto poco fa," insiste Silfide.

"Non ho intenzione di discutere con te."

"Neanch'io, sembra solo che a volte non hai la tua opinione", dice, Ondina la guarda e poi me, confusa.

"Che cosa?" lei insiste.

"Per favore, se Gorgona non avesse detto che le piace il sorriso di Joshua, non l'avresti detto nemmeno tu," spiega

Silfide. Ondina mi guarda insistente, non so cosa dire perché è vero, quindi distolgo lo sguardo.

"Ci credi anche tu?" lei mi chiede. Fortunatamente, in quel momento bussano alla porta. Colgo l'occasione e mi fermo per aprire.

"Devo interrompere?" È proprio il pomo della discordia, Joshua.

"Certo che no!", Silfide gli si avvicina e spinge Ondina per la sua strada, "entra, entra!"

"Grazie... ehm, Silfide vero?

"Sì" dice lei, "o Dulce, come preferisci," lo guarda, giocando con i propri capelli, ma lui rimane imperterrito.

"Spero di non aver interrotto, dì chi sa che se interrompi una conversazione femminile, probabilmente sarai il prossimo argomento", dice, la sua sicurezza sembra riempire ogni stanza in cui calpesta, lo stesso effetto che si verifica quando si rivolge a un giovane scrittore oa un gangster con eleganza. Pochi producono una cosa del genere, ma Joshua con i suoi capelli chiari e gli occhi ridenti lo fa.

"Allora non andare!", ride Silfide, toccandogli il braccio, "perché possiamo mangiarti..." ride, "con le parole, una volta che esci dalla stanza!" avverte il mio amico, anche Joshua ride. Ondina mi guarda, sappiamo che è il modo di essere di Silfide, è sempre stato così, le piace attirare l'attenzione degli uomini soprattutto, con le risate, con gli sguardi, con le grida, con i gesti, con le pose. È così, ma in ogni caso lo sguardo di Ondina finge di scandalizzarsi, come se la conoscesse a malapena.

"La verità è che ho bisogno di parlarti per un momento." Joshua si gira verso di me. Le sopracciglia di Ondina formano un arco ancora più pronunciato.

"Me?"

"Lei?" Silfide lascia andare il suo braccio.

"Beh, in realtà sto parlando a turno con voi sei, per conoscere le vostre capacità, abilità, storie, ma," si schiarisce la voce, "...i ragazzi non sembrano molto aperti al momento, spero che tu fallo," mi sorride. Adesso sono io che mi schiarisco la voce, preparo la voce e non so da dove venga l'urgenza di dare una risposta così ridicola e costruita.

"Posso aiutarti con piacere", dico e me ne pento all'istante, sembro una commessa farmaceutica, ma Joshua sorride e i suoi occhi si fanno piccoli. Indica la porta e io lo seguo.

Ondina e Sílfide possono aver litigato in precedenza, raccontandosi certe verità, ma sono sicura che appena chiuderemo la porta inizieranno a parlare di noi.

Joshua ha insistito perché ci fermassimo al bar dell'hotel per ordinare qualcosa. In fondo mi dava sollievo, ma all'esterno gli dicevo che forse parlare sotto l'effetto dell'alcol non era di per sé la cosa migliore. Quando il whisky della costa mi tocca le labbra, la prima cosa che penso è quanto sia poco interessante; Rispetto a SyanL, ha il sapore dell'acqua pesante.

Il whisky prodotto in SyanL è forte e senti che il suo sapore esplori ogni buco della tua bocca, combinandosi con la tua saliva per dare il sapore che più ti piace: legno, seme, fiore. Il whisky di Toot non ci supererà mai, tanto meno quello di La Costa.

"Dove sei cresciuta?" Joshua mi dice. Io vedo la sua delusione quando beve il primo drink, deve pensare la stessa cosa di me.

"In Sy4. Lá ho visto di tutto, dall'alluvione del 245 alla depressione commerciale in tutti i settori".

"È stato difficile, in Sy23 hanno mostrato i rapporti al riguardo per più di una settimana", dice.

"Sy23 non sperimenterà mai una depressione come questa, hai risorse in tutto, non solo nella produzione di whisky".

"Giusto," Joshua alza le spalle, "ma è il whisky che muove SyanL, quindi dobbiamo adattarci," prende un drink e finisce il suo bicchiere.

Il silenzio si impossessa dell'ambiente per qualche secondo, ma non mi provoca disagio, anzi mi sento molto bene, forse è l'effetto della bevanda, un nativo di SyanL deve trovare conforto in questo liquido ambrato, lo portiamo dentro il nostro sangue. Forse è quello che abbiamo nelle vene: whisky. E il whisky invece del sangue stesso dovrebbe essere più bello per vedere se fuoriesce.

"Hai famiglia?" Joshua mi guarda, morde il bastoncino sul suo bicchiere.

"Non so dove siano," rispondo, evitando l'argomento. Questa volta sono io quello che finisce il liquido senza ulteriori indugi.

"Oh, capisco. Mi dispiace," dice.

"Pensavo che Reneé e Delonge ti avessero fatto un rapporto su di noi", osservo.

"Esatto, tutti i file sono sul mio Nexus, ma preferisco il contatto umano, indica sempre più uno sguardo o un'espressione che qualcosa scritto in un profilo."

"Torniamo al bar per prenderne un altro?" Gli mostro il mio bicchiere vuoto. Joshua annuisce, il suo sorriso è diventato empatico ora.

"È per questo che non hai paura? Per il fatto di non sapere niente della tua famiglia?", chiede all'improvviso. Con questo tipo di domande, ho bisogno di un altro bicchiere in questo momento.

"No, non è quello."

"Davvero? Sono anni che uccidi persone molto pericolose e in questo momento ti stai dirigendo verso una missione quasi impossibile".

"Ti ricordo che stai andando alla stessa missione", lo indico, e lui ride, contrasta con quello che sta per dire.

"Sì, lo so, ma io ho paura".

"Anch´io," rispondo . Joshua mi guarda incredulo, come il padre che scopre la figlia nella menzogna. Arriviamo al bar e aspettiamo in silenzio che il nostro bicchiere venga riempito. Comunque, questo whisky assomiglia più all'acqua del rubinetto.

"Ma prima non ti sentivi così, vero?"

"No" rispondo sempre onesta.

"Perché?", non so se è il suo tono di voce o il suo interesse per la mia storia, ma gli sto dicendo una cosa che non ho mai detto a nessuno prima.

"La mia famiglia è sempre stata fortemente cattolica" comincio, "quando sono venuta al mondo, i miei genitori mi hanno portato nella chiesa di Santa Nicolasa, che si trova nel centro di Sy4, dove attualmente sono esposti alcuni dipinti. I miei genitori una volta mi dissero che mi avevano portato all'altare di quella chiesa e mormorarono: "Lei è tua, mio signore, sarà sempre tua prima di essere nostra, quindi per favore, abbi cura di lei," ed è così che è stato . Non è un mio ricordo, ma è così che mi hanno detto che è successo. Erano gli ultimi giorni del cattolicesimo, prima che i templi diventassero dei musei", mi guarda analiticamente.

"Sapendo che Dio si prende cura di te perché i tuoi genitori ti hanno portato da lui alla nascita," mormora.

"Che nella situazione in cui credi in Dio."

"A volte lo faccio", spiega, "a volte no", il suo sorriso appare di nuovo, "ma in questo momento devo dire di sì," la sua risata esce fresca e onesta, "sai, per ogni evenienza".

Joshua lo dice guardando l'orizzonte. Il mare si distingue da questo punto. Sento un feroce desiderio di buttarmi dentro e nuotare fino alla fine, anche se non esiste. È strano che il mare e il deserto condividano quell'immensità. E anche con tutta la sua bellezza, è strano che preferirò sempre il deserto, perché Sy4 è principalmente quello.

SyanL è principalmente deserto, specialmente il sud ed è così che mi piace. Joshua ed io siamo rientrati nelle stanze, i nostri bicchieri non hanno più traccia del whisky che alla fine non assomiglia a quello di SyanL, ma ci ha fatto parlare. Almeno a me, Joshua stava solo chiedendo.

Si potrebbe dire che oggi è il nostro ultimo giorno di tranquillità. Domani si parte per Toot, separati, come ha indicato Reneé. Sono le tre del pomeriggio e siamo seduti in uno dei ristoranti dell'hotel, mangiando e aspettando da bere.

"Potremmo fare qualcosa stasera", suggerisco, ci ho pensato tutto il giorno, so di cosa si tratta e non voglio dirlo, ma Drider mi esamina con i suoi occhi duri e lo dice.

"Come un addio?"

"Cos'è la negatività?", esclama Silfide, spaccando il suo salmone, "preferirebbe essere un..." prende il pezzo rosa del pesce e continua, con la bocca piena "... una festa prima del successo che avremo ha", corregge. Joshua ride e intravedo Satiro che lo guarda come se stesse guardando un bambino che cerca di attirare l'attenzione dei genitori saltando e urlando.

"E' una buona idea," dice Ondina molto seria, è ancora un po' arrabbiata con Silfide per averle detto che non ha una propria opinione.

"Satiro e Ondina devono partire domani con il treno delle sette", dice Estirge. Mi rendo conto che non gli ho parlato ultimamente, e ora quello che dice è per il gruppo, non per me.

"Beh, sì," rispondo guardandolo direttamente, "ma non è che andranno a guidare il treno", Estirge mi guarda, so che non ha niente da confutare, sostengo il suo sguardo castano e caldo. È unico e trasuda sicurezza, ma ho paura, ho sempre paura di perderlo.

"Non importa," conclude, dà l'impressione che non stia più parlando del treno.

"Potremmo andare al bar per un po' e basta", suggerisce Satiro, asciugandosi le labbra con un piccolo tovagliolo bianco. A volte la sua innata pulizia serve solo a ricordarmi quanto posso essere disordinata, guardo il mio piatto già vuoto, pieno di palline di carta, di un tovagliolo strappato.

"Il whisky qui," borbotta Drider, "è disgustoso, tra l'altro, preferisco bere l'acqua di tutti i bagni insieme", si lamenta, ma con quel commento mi rendo conto che ha accettato, anche se lo ha menzionato come un addio.

La cosa peggiore è che ha ragione, potrebbe essere un addio ed è per questo che dobbiamo farlo. L'ho letto sui volti di tutti, anche di Joshua.

"Beh, passerò" Estirge si alza, "divertitive," dice prima di posare il tovagliolo e andarsene.

Io sono quella che esce dopo di lui ed è Satiro che esce dietro di me e mi prende per il braccio.

"Cosa stai facendo, Gorgona?" Dice che ha ciocche di capelli ondulati sulla fronte.

"Che cosa sembra? Vado a vedere cosa succede con Estirge, grazie," Provo a lasciar andare, non mi lascia il braccio e anche se non mi preme la gente potrebbe sospettare o vedere qualcosa di strano in noi, ma in qualche modo Satiro lo fa quindi sembra una carezza negli occhi del resto dei commensali.

"Beh, sei stupida? È ovvio che deve essere arrabbiato per qualcosa, lascia che si calmi"

"Jair," prendo il suo vero nome, "non devi dirmi cosa fare e cosa non fare, quindi per favore lasciami andare, stiamo facendo una scenata", con gli occhi indico il resto al ristorante, ride, nessuno ci sta guardando, "Beh, va bene non c'è scena, ma gli parlerò, se non mi lasci andare ora lo farò dopo o dopo, o dopo o tardi-" Satiro finalmente mi lascia andare.

"Non rovinare la missione Corina, per favore", mi avverte, usa il mio vero nome in una specie di vendetta poi torna al tavolo.

Raggiungo Estirge poco prima che apra la porta della sua stanza.

«Estirge», dico, si gira con tutta la naturalezza del mondo; Mi aspettavo una faccia arrabbiata, stanca, infastidita, piena di rabbia, forse di gelosia. Unisce le labbra a formare una linea sottile, un gesto comune sul viso, ma non dice una parola, "cosa c'è che non va? "Insisto, in piedi di fronte a lui.

"Riguardo a cosa?" Lui risponde, vedo che i suoi occhi sono irritati e per un momento stupido penso che abbia pianto per me. Ma non piange, non l'ha mai fatto.

"Perché hai lasciato il ristorante in quel modo?"

"Come?" Continua con la sua espressione neutra, e la peggiore: continua a mettere la chiave elettronica nella porta indicando che non ha intenzione di parlare con me.

"Quindi... improvviso," mi sento ridicola ad ogni parola che dico.

"Voglio fare un pisolino," fa spallucce, "questo è tutto."

"E per quanto riguarda il piano per stasera?" Insisto, se sono già qui forse la cosa migliore è andare a fondo della questione. Non ho intenzione di intraprendere una missione quasi suicida senza essere d'accordo con lui.

"Che ne dici?" Mi chiede, penso di vedere un accenno di dubbio nei suoi occhi, come se davvero non sapesse cosa intendo, e la verità è... cosa voglio dire?

"Andremo tutti al bar, tranne te", gli dico e allo stesso tempo mi rendo conto che rispetto a quello che ci aspetta presto, bere stasera suona assurdo.

"Non ho intenzione di andare in nessun bar e penso che nemmeno tu dovresti."

"Perchè no?" Chiedo insistentemente, ha la mano sulla porta, non sembra nemmeno desideroso di invitarmi ad entrare e io sono ancora qui, quasi implorando. Che umilliante.

"Rischi di essere visto, identificato o di ubriacarti e di fare qualcosa di stupido".

"Ci lavoriamo da anni e questo include te, da dove ti viene l'idea che avremmo fatto qualcosa di stupido come ubriacarci e buttare via tutto?", affermo. Il suo gesto si trasforma da neutro a stanco in un secondo.

"Senti Corina, questo è il mio punto di vista, capisci? Sta a te e agli altri se vuoi rischiare la pelle per qualche cazzo di drink", dice guardandomi e poi non so cosa dirgli. Mi rendo conto che è impossibile essere d'accordo, "inoltre, devo parlare con Reneé di alcuni dettagli del piano".

"Bene," mormoro, provando una fitta di gelosia, prima di voltarmi e tornare al ristorante dove so che nessuno mi chiederà cosa è successo.

Mi piacciono i bicchieri da whisky perché sono spaziosi. Abbiamo attraversato un viaggio per poter acquistare una bottiglia originaria di SyanL e niente è paragonabile a quel whisky. Toot ha i soldi, l'industria, i macchinari, l'immagine, il marketing e l'abilità di vendita, ma non ha il talento della creazione, il loro whisky non avrà mai il sapore del legno, il cotone sulle labbra, l'aroma di mattone bagnato, la carezza del vetro prima del taglio, tutte quelle esperienze che solo il whisky di SyanL regala.

La corruzione e le reti internazionali di Lola Teheran non arriveranno mai a rovinare il nostro distillato. Mai. E non sono io a dirlo. Ho sentito cittadini della costa ubriachi dire che la bellezza delle alte bottiglie di Toot non sarà mai abbastanza per farti venire le vertigini d'amore, come fa il whisky di SyanL, anche se viene servito in modo opaco, in bicchieri di plastica.

E lo so, l'ho vissuto, il whisky più famoso di SyanL, Joan Megghia, sa di tutto: l'odore della sabbia bagnata del mare, le noci verdi, il mais macinato e fermentato, un pizzico di zucchero in serbo, solo un pizzico. Il whisky Tino Tawrr, il nostro secondo migliore, odora un po' del pennarello che è vietato annusare, della plastica nuova e calda, del cartone conservato per tanti anni, delle corde della chitarra, ecco che odore ha il nostro whisky, come un vecchio dizionario, come la porcellana della migliore.

Il nostro terzo miglior whisky, il Jooly Rodz, fa male e colpisce duramente, come quando vieni ignorato o umiliato, spingendoti da parte. Fa male come il tuo gesto di vergogna, fa male come la bara, l'abbraccio a un funerale, così, con quell'impatto. Fa male come deglutire quando non puoi, fa male come il primo rimprovero della tua vita, e se non ricordi, il whisky di SyanL te lo fa ricordare.

A quelli del sud non piace, producono rum ed è l'unica cosa che gli piace, parlano di whisky con invidia, con la furia che una ragazza frustrata parla male dell'amica alle sue spalle. Ma ancora con questo, parlano molto del nostro whisky.

È impossibile riassumere tutte le sensazioni che questo prodotto di SyanL può provocarti, quindi non capisco come Estirge abbia scelto di non provarle ancora una volta. Forse un ultimo.

"Va tutto bene?", mi dice Silfide quando mi sorprende a guardare il ghiaccio che sembra sassi di fiume nel mio bicchiere. Sono di colore verde e contrastano con l'ambra in modo squisito.

"Non lo so", rispondo, "vuoi la versione corta?"

"Sai cosa si dice: questi sono tempi di fretta."

"Penso che siano così da quando ho ucciso la prima persona della mia lista", rispondo, non sorprende di non sentire traccia di colpa.

"Cos'è successo oggi, Gorgona?" Silfide mi guarda e non so come fa ma guarda anche il cameriere con un sorriso dal suo catalogo più sensuale. Quando lo vedo sta già versando whisky e tonico nel suo bicchiere. Ognuno ha il suo stile per berlo. Mio padre diceva che il miglior whisky è secco, che lo voleva come ultimo drink. I gusti migliori erano i baci di mia madre e il whisky secco. Ogni cittadino lo beve a modo suo, forse gli abitanti di SyanL lo bevono con la mano sinistra o con la lingua stanca o rotta.

"E così? Cosa è successo?" Silfide insiste.

"Non so cosa c'è che non va in Estige ultimamente."

"Gorgona, è geloso", dice, bevendo un drink veloce, "e anche Drider, se siamo severi, forse è geloso anche Satiro, a loro non piace Joshua", e quindi, come se quello fosse il punto finale, Silfide si alza e io resto lì al bar, pensando, con la compagnia a cui sono abituati gli abitanti di SyanL: un bicchiere piatto e corto.

Scendo dall'aereo e il vento freddo di Toot mi penetra negli occhi, non so se è una naturale ostilità da questo posto, ma li sento arrossire. Entro in aeroporto e attraverso le pareti di vetro vedo gli edifici alti e squadrati di questo posto, quasi tutti sono color acciaio, alcuni toni della terra risaltano ma la maggior parte sono grigi. Toot è noioso anche in questo. Tra le costruzioni ci sono degli spettacolari striscioni molto ben allineati, che annunciano diversi brand di Whisky, da qui, ovviamente.

Guardo il mio Nexus, prima di lasciare l'aeroporto devo aspettare il messaggio di Reneé, con l'indirizzo e il nome dell'hotel, nonché i dati della mia prenotazione. Ho con me due pacchi di documenti: il falso e l'autentico. I primi dicono che mi chiamo Corina A. T e che sono nata a LaGem vent'anni fa, sono una studentessa di medicina.

Quelle vere indicano che mi chiamo Corina A. T, ho diciotto anni, nata a SyanL, membro di un gruppo di adolescenti, The Animalium, che uccidono per soldi.

Sono le undici e dieci di sera e non ho ricevuto i dati, si suppone che questi dovrebbero essere arrivati al mio Nexus alle undici. Questo non mi piace, mi guardo intorno e non ci sono volti noti, Estirge e Joshua viaggererebbero insieme a me, semmai a pochi minuti di distanza, quindi dovrebbero essere già in giro. Forse Reneé ha deciso di farlo senza di me. Guardo più e più volte il mio Nexus, faccio scorrere le dita sul touchscreen trasparente e niente. Non posso andare in nessun albergo, non devo nemmeno muovermi da qui. Perché sono sempre io quella lasciata sola? Quella che lasciano fuori? Questo non può essere giusto in alcun modo. Dove sono loro? Sento che le persone mi guardano con un certo sospetto, che sembro così estranea e tutti sanno chi sono.

Faccio qualche passo e vado a sbattere contro un uomo alto e barbuto.

"Scusa" dico, e continuo a camminare per l'aeroporto, guardo il mio Nexus e niente, tengo saldamente la mia valigia. No, è meglio andare alla porta di uscita, almeno devo starle vicina. Non so perché tengo il mio bagaglio così stretto.

"È lei!... Signorina?", lo so che sono io che mi chiamano, non vedo che mi indicano, ma so che si riferiscono a me.

"Signorina?!. Scusi?", mi incammino veloce verso l'uscita, alcune facce si girano per vedermi, ad ogni passo cresce il nodo allo stomaco, "Scusa?!, fermala!", riesco ad ascoltare, lancio la valigia sul terra e con la borsa dei documenti ben tenuta tra le mani varco la porta di uscita, corro con tutta la forza che mi danno le gambe, c'è molta gente fuori e questo complica loro le cose, per chi mi sta dietro, io continuo a correre fino a raggiungere un angolo buio della strada, il mio respiro agitato si sente come se avesse un'eco personale e forte. Da qui vedo il trambusto: una guardia alta con grandi denti indica dove sono io, ma anche lui dubita della strada opposta, due gruppi di quattro guardie corrono in entrambe le direzioni; Se mi muovo mi vedranno, non c'è dubbio, Ma se aspetto in questo buio forse posso passare inosservata. Ho le mani fredde nonostante il caldo che produce l'adrenalina, tremo per il sudore che mi cola sul viso, sento i passi delle guardie e anche se voglio chiudere gli occhi , so che non dovrei. Sono grato di non averlo fatto perché poi succede qualcosa che ricorderò come uno dei momenti più confortanti della mia vita: le luci blu di un'auto a pochi metri arrivano dove sono io, accelera e tira di lato di dove mi sto nascondendo, la porta si apre e Joshua dall'interno mi urla.

"Gorgona, vieni su! Presto!" e lo faccio, esco dal mio nascondiglio, con la coda dell'occhio vedo che non ci sono più solo quattro guardie, ma una ventina che si stanno dirigendo dove ero io. Salgo in macchina e partiamo a tutta velocità, il mio respiro continua così agitato che non riesco a chiedere nulla, Joshua ed Estirge mi guardano e non riesco nemmeno a identificare le loro espressioni, anche se è Joshua a parlare.

"Qualcosa è andato storto."

"Tutto!", Estirge prende a calci l'armadio mentre urla. La stanza di questo hotel è semi-illuminata, li guardo, entrambi hanno un modo molto diverso di esprimere preoccupazione.

Joshua è seduto sul letto sporco e ruvido accanto a me. La sua mano si tiene il viso, guarda il pavimento, non so cosa stia osservando così attentamente. Estirge borbotta tra sé, camminando avanti e indietro per la stanza. Sento una forte ansia allo stomaco, la testa mi ronza, e gli occhi... non so, non so dove guardare, dove dirigerli, potrei viaggiare per tutta la stanza e la risposta non sarà essere lì. Sono sorpreso dalla vibrazione proveniente dal Nexus di Joshua. Ultimamente questa angoscia dura più a lungo, quell'attimo prima di quella che sarà una brutta notizia, è dolorosa e trema anche peggio della notizia stessa. È la sensazione che mi ha accompagnato in queste ultime settimane. La stessa sensazione che ho provato quando la mia famiglia è scomparsa.

"Joshua", risponde premendo un pulsante sul suo Nexus, Estirge lo guarda, non oso farlo, ho paura che la sua espressione possa indicare il peggio, mi mordo l'unghia del mignolo e ora Sono io quello che esamina il terreno. Vorrei coprirmi le orecchie ma non voglio nemmeno essere così ridicolo, quindi non ho altra scelta che ascoltare ciò che Joshua risponde: "Sì, beh, è vero, non c'è altro modo", riattacca e finalmente oso guardarlo.

"E?" Estirge lo interroga, si sentono gatti fuori nel cuore della notte. Questo hotel appartiene a Joshua, la terra gli è stata data da un parente che vive a Toot, o così ha spiegato. Nessuno lo usa in quanto tale, a volte arrivano alcuni dei pochissimi barboni in questa città. Joshua ha detto che a volte è un rifugio per i rivenditori Nexus rubati. La stanza odora di cibo vecchio e di sigarette.

Guardo Joshua ma i suoi occhi socchiusi non mi dicono niente, se lo conoscessi meglio saprei cosa significano quelle labbra, che diventano quasi invisibili, come un orizzonte oscurato dal sole. Ho una paura secca dentro di me.

"Nessuna informazione è stata diffusa. Eppure," dice, "loro non sanno che siamo qui, non sanno di noi, ma hanno la certezza che ci sei," i loro occhi mi trafiggono, freddi. Anche Estirge mi guarda e parla duramente:

"Hai parlato con qualcuno?" Dice e non posso credere che me lo chieda colui che è stato mio complice per anni. Tuttavia, questo è solo l'inizio. Estirge mi prende per le spalle e mi fa alzare dal letto, mi tiene troppo stretta e si vede che cerca di non alzare la voce: "Gorgona?"

"No! Ma cosa stai dicendo!"

"Chi?" insiste "Con chi diavolo hai parlato? Quando?"

"Lasciami!" Alla fine lo spingo via, togliendomi le mani di dosso. Lo guardo con odio, più per aver dubitato di me che per avermi trattato così sgarbatamente. Il mio sguardo va su Joshua, chiedendo il suo supporto, ma lui controlla il suo Nexus e non ha idea della tensione tra me ed Estirge. Chiudo gli occhi e respiro il più profondamente possibile, i miei polmoni sono ancora vuoti.

“Non ho detto niente” provo a spiegare “neanche io ho parlato con nessuno, è chiaro che qualcuno ci ha tradito, o che c'è una falla nel piano, abbiamo tralasciato qualche dettaglio”.

“Il piano era perfetto”, parla infine Joshua, si rivolge a entrambi, “l'abbiamo dettagliato e studiato, avevamo tutto delineato, senza imperfezioni e...”

"Abbiamo?" interrompe Estirge con il suo ormai solito tono molto sospettoso, "per quanto ne so, ti sei unito all'improvviso e bene," insiste sarcasticamente, "la verità è che non ti conosciamo bene, sei arrivato all'ultimo minuto", ora lo sguardo gelido che qualche istante fa mi ha trafitto è su Joshua.

“Non dimenticare che mi sono unito agli ordini di Delonge, non per il piacere...”, risponde con una serenità che rende più raffinato il suo sarcasmo, “per accompagnarvi” conclude. Estirge lo guarda con impotenza, sa che non c'è pretesa che valga la pena, che se Joshua è lì è perché il presidente di SyanL ha dato l'ordine.

"Ciò che mi accingo a fare?" dico all'improvviso, facendoli tornare alla realtà dove sono a rischio. Dove la mia situazione attuale è l'unica cosa che conta per me per ora.

"Dobbiamo aspettare le istruzioni".

"Da chi?" Guardo Joshua come se fosse colpa sua. "Da Reneé?, dalla persona a cui non frega un cazzo di quello che mi succede?"

"Qualunque cosa *ci* succede", corregge Estirge. Sono infastidita dalla sua inclusione, chiunque abbia tre dita sulla fronte potrebbe vedere la preferenza che Reneé ha sempre mostrato su di lui. Il Nexus di Joshua vibra di nuovo, ci sono le fottute istruzioni.

"Joshua," dice, il suo sguardo impassibile, non voglio altro in questo momento che sapere cosa c'è dietro quegli occhi color whisky di malto, "molto bene," riattacca e qualcosa pesa nel suo sguardo, in fondo non lo è così inespressivo.

"Devi restare qui, la missione sarà sospesa per un paio di giorni al massimo, nei quali aspetterete rinchiusi. In ogni caso, il Gala Ramón de Barbé durerà fino a giovedì".

"Che cosa? Che dici?" Mi formicola la testa "NO! non posso stare qui; Non rimarrò qui!"

"Non hai scelta," insiste, non mi guarda nemmeno, "per cibo e acqua non preoccuparti, penserò a tutto io".

"No!" Interrompo: "Estirge, non posso restare qui!, Fai qualcosa!" esclamo, Joshua digita il suo Nexus e viene proiettata un'immagine, sono io all'aeroporto, il video si ripete più e più volte, puoi vedere come esco e vado nella strada buia.

"È la rete?" chiede Estirge.

"No, è un file della guardia di sicurezza di Toot Nation", spiega Joshua, il video si interrompe e sopra di esso compaiono lettere grandi e chiare:

PRESUNTO INTRUSO NELLA NAZIONE SOVRANA DI TOOT.

Corina TA

Nazione di Syan L

Posizione sconosciuta

Motivi per l'internamento utilizzando un'identità falsa nella nazione Toot: sconosciuto.

Aziende: nessuna rilevata finora.

Guardo la proiezione, i miei occhi stanno per riempirsi di lacrime, conficco le unghie nel palmo della mia mano evitando di piangere, distraendomi con il dolore fisico.

"Non sono sicuri che sei tu, come puoi vedere, ma se ti esponi immediatamente, lo saranno e il resto di noi sarà nell'occhio dell'uragano".

"Joshua, non posso, non posso proprio stare qui rinchiuso come un fottuto leone finché Reneé non lo considera..."

"Non ha niente a che fare con Reneé!" esclama Estirge, disperato. Ho l'impressione che mi stia nascondendo qualcosa.

"E come fai a saperlo?" Devo convincerli a non lasciarmi qui.

"Non essere sciocca", mi dice e diventa più chiaro che non riesco a riconoscerlo, ad adattarmi al suo atteggiamento di questi giorni. Eravamo diversi, il sangue freddo non si manifesta mai tra di noi. Mi fa male sapere che a quanto pare tutto è cambiato, questo argomento fa male perché so che è infinito.

"Ho bisogno che tu sia sempre consapevole del tuo Nexus", indica Joshua, "potremmo tornare a prenderti domani o stanotte, non lo so ancora, dovresti dormire le quattro ore strettamente necessarie e alla minima minaccia, fuggire."

"Solo se ce ne fossero", chiarisce Estirge con il suo tono paternalistico. La rassegnazione che mi invade è come quella di una diagnosi medica senza voltarsi. La peggiore delle mie paure.

La stanza è ancora buia e, in queste ombre, le vedo andare. Li guardo allontanarsi e chiudere la porta, la loro ombra contrasta quasi come un'alba con la luce bluastra che viene dalla strada. Non sto dicendo addio.

CAPITOLO

28

Non è la reclusione; è la paura che mi provoca. Odora di mattoni bagnati, sento che questo profumo non andrà mai via e potrebbe essere ancora l'ultima cosa che ho sentito nella mia vita. Non posso uscire, non posso cercarli, non so se li esporrei, non ho idea del nome del loro albergo.

Come se mi stessero martellando in testa, sento il rumore di passi che si arrampicano rapidamente. Non solo, ma anche un mormorio di veicoli fa capolino dal finestrino anche in lontananza.

"Gorgona," la voce di Silfide dietro la porta mi solleva come se una scossa elettrica avesse attraversato l'intero piano di questo vecchio hotel. Apro la porta e lei entra, va alla finestra, lascia un pacco per terra, sento quella corsa che emana sempre da lei.

"Cambia i tuoi vestiti," tira fuori un goldgun 710 e si mette vicina alla finestra, dopo lascia un pacco sul letto "dai, non abbiamo molto tempo!" ripete, apro il pacco e trovo un completo nero in lycra anti-metallo come quello che indossa lei. Mi vesto il più velocemente possibile, gli stivali blu sono della mia taglia esatta. All'interno della confezione c'è anche un goldgun 900, li gestisco meglio del 710.

"Andiamo," dice, dà un'ultima occhiata alla strada e usciamo dalla porta della stanza. Scendemmo velocemente le scale, ma non andammo all'ingresso principale. Silfide mi guida lungo uno stretto corridoio di mattoni, è umido e il profumo mi penetra ancora di più nel naso. In fondo c'è una porta arrugginita e molto più stretta del corridoio, quando l'attraversa Silfide si dirige verso la strada, e io la seguo.

Il rumore delle macchine e delle sirene acute, con un cinguettio costante, caratteristico degli allarmi di Toot, si sente sempre più vicino.

Ci dirigiamo verso un veicolo grigio con i finestrini scuri e quando do una rapida occhiata, vedo che la strada è piena di molti altri, tutti uguali. È un'autovettura ma un po' più grande, quando entro ci sono tutti. La paura, lungi dal disperdersi nel vederli, cresce. Essendo tutti insieme, sono colpito dalla certezza che potremmo morire molto presto. Rischiamo tutto e la possibilità che perderemo è enorme.

Per più di tre ore, Joshua guida evitando le guardie. Drider non ha smesso di fissare il suo Nexus per un solo momento. Non ho voluto dare loro il piacere di chiedere dove stiamo andando o quale sia il nuovo piano, non voglio sentirmi di nuovo esclusa. Inoltre, sembrano tutti molto concentrati, preoccupati, o forse entrambi. Quando sto per mollare e chiedere, Joshua si ferma davanti a un altro albergo ancora più sgangherato del precedente.

"Eccolo", dice. Le serrature dell'auto sono disattivate e le portiere si aprono.

Riesco a malapena a distinguere la facciata, una volta era bianca ma ora è sporca, piena di fuliggine e graffiti con i simboli di Toot e nei suoi colori, blu e nero, sbiaditi e senza forza.

Seguiamo Joshua, apre la porta con una vecchia chiave di metallo, il posto è molto vecchio e quelle chiavi non sono state usate in Toot o SyanL per più di settant'anni.

"Livello platino?" La voce di Silfide risuona dentro quel luogo, che dentro sembra ancora peggio: terra, macerie, e sono sicura che c'è una scia di sangue sul muro alla mia destra.

"Cosa ti aspettavi?" Satiro risponde "ci stiamo nascondendo, questo non è il momento di distinguerci, quello sarà dopo, quando torneremo da eroi", completa con la sua caratteristica sicurezza. Può parlare da solo, io non cerco di trascendere, anzi.

"Sono le nove di notte, oggi dormiremo qui e alle sette del mattino cambieremo sede. Ramon ha riprogrammato il suo Gala per dopodomani sera, a causa di Alex Zendejas, che per qualche motivo non ha potuto partecipare nella data prevista"

"Lui? Chi?" Lo chiedo e me ne pento subito, so a chi si riferisce Joshua ancor prima che Estirge me lo chiarisca. Ma mi sento così confusa da tutto, che non so quello che sto dicendo.

"Ramón de Barbé, ricordi?".

"La missione inizia domani nella nuova sede», dice Ondina, il rimprovero nella sua voce è evidente, "ne abbiamo già parlato."

"E come potrei saperlo? Sono stata isolata tutto il giorno ieri, nel caso non l'avessi notato", dico. Socchiude gli occhi, vedo che la sirena che è quasi identica alla mia vipera le brilla sul collo, mi porto una mano al petto e la rabbia cresce, mi irrita mentre copia quasi sfacciatamente tutto, compreso il mio simbolo, e parlo di piú.

"¿L'hai notato? Hai notato la mia assenza o eri troppo occupata a farti beccare anche tu?" Dico, so che forse ho esagerato, ma odio quella sua tendenza a spiegare cose, progetti, eventi, ricordi che per un motivo sono accaduti quando non c'ero, e odio ancora di più il fatto che lei gli piace avere una complicità con Estirge.

"Giusto in una cosa", risponde, a quanto pare nessuna di noi starà in silenzio "Ero impegnata, a indagare sui dati in rete, come tutti noi", apre le braccia per sostenere le sue parole, sottolinea il *tutti*, "Per sapere come diavolo il sistema di sicurezza di Toot ha scoperto che eri qui, di cosa si tratta? È per questo che volevi scappare quando Drider ha dato quel suggerimento? Ci hai tradito e vuoi che la tua pelle sia al sicuro?" Il suo viso impallidisce, causando l'acne sulla fronte che sporge di più.

"Zitta, Ondina," interviene Silfide.

"Perché non ti preoccupi delle tue cose? Non so, flirtare con Sátiro o lamentarti del'albergo, qualcosa che si adatta al tuo modo di essere", risponde. Non capisco dove vuole andare con le sue parole, ma accende la miccia di Silfide.

"Ti assicuro che se Gorgona ci avesse tradito, tu saresti lì, a fare la stessa cosa, sempre alla sua ombra, sempre a imitarla!" Ride Silfide ad alta voce. Satiro la guarda sorpreso, anche se la conosce bene.

"Basta con quel comportamento dei bambini," la voce di Drider è sempre stata la più potente, "salva la stupidità per quando torneremo a SyanL", suggerisce. Dentro di me so che non torneremo e se è così, sarà per non vederci mai più.

Ondina lo guarda con odio e si dirige verso il bordo della stanza, dove ci sono dei vecchi cartoni. Si siede e tira fuori il suo Nexus, dimenticandosi di noi.

Ognuno di noi lo fa alla fine. Silfide siede sulla scala di legno ammuffita, mi fa male che non si avvicini a me, che non mi chieda di sedermi con lei, ma posso distinguere il suo sguardo ed è assorta nel piano. Se c'è qualcosa che Silfide ha, è che rivede le cose più e più volte. Prima, ogni volta che Drider proponeva o progettava una strategia, era sempre Silfide a studiarla di più.

Satiro ed Estirge trovano due sedie e si scambiano opinioni aiutati dalle luci del loro Nexus. Joshua cammina per la stanza, alla fine va al piano di sopra, parlando sul suo Nexus, probabilmente con Reneé. La rete dei nostri dispositivi è stata protetta grazie a Drider. Non capisco come sia stata scoperta la mia posizione. Guardo Drider, è seduto per terra vicino a una finestra con uno spesso vetro fumé. Lo osservo con attenzione, i suoi capelli neri, i suoi occhi grigi malvagi, pieni di tutta la sua storia, ho visto quegli occhi godere quando colpisce qualcuno senza pietà, ho visto quelle labbra sottili sorridere a causa della morte di persone cattive decine di volte. Mentre ci penso, mi avvicino a lui e senza pensarci metto la mano in tasca, tiro fuori la pistola e la punto direttamente verso di lui.

"Perché non hai protetto il mio Nexus dalla rete di Toot?" Chiedo senza abbassare l'arma. So che tutti mi vedono, Satiro ed Estirge si alzano. Sílfide e Ondina fanno lo stesso, Joshua è ancora al piano di sopra, "Perché?" Gli occhi di Drider, pieni di tristezza, mi sorprendono come poche cose hanno fatto prima.

"Cosa sta succedendo?", Joshua si abbassa, percepisce la tensione, quella deve essere la sua più grande qualità.

"Drider non ha protetto il mio Nexus, ecco perché mi hanno localizzato," spiego senza abbassare l'arma, la momentanea dolcezza negli occhi grigi scompare e senza fare alcun tentativo di difendersi, lui risponde.

"Il tuo Nexus è stato il primo che mi sono dato il compito di proteggere," ora la sua espressione è dura, "Ho fatto lo stesso con ciascuno", dice risolutamente. Vorrei posare la mia pistola, ma non posso, deve essere lui! Deve essere lui! Perché sento questo? Da dove viene questa insistenza per accusare il mio amico d'infanzia?

"Metti via la tua arma, Gorgona, Drider sta dicendo la verità", spiega Joshua, "il software è sul mio Nexus e sono tutti sincronizzati", dice. È così semplice e mi sento ridicola, tanto che ancora non riesco a mettere via questa merda.

Alla fine la faccia beffarda di Ondina mi fa venire voglia di essere la persona grossa nella stanza e metto giù la pistola.

"Scusa," sussurro, a malapena in un sospiro.

Drider si alza, lo vedo senza battere ciglio, i suoi capelli scuri, i suoi occhi grandi, la sua bocca sottile, il giornale su cui era seduto fa molto rumore, quel rumore è lo sfondo dell'immagine che rimarrà impressa nella mia testa per sempre: si avvicina in fretta, come in fuga e mi bacia.

Non so quanto tempo passa, o cosa riassume la mia testa ma non mi piace. Quattro, cinque secondi. Quando la sensazione di gelida sorpresa passa, lo spingo debolmente, mostrando apertamente la mia confusione verso il suo bacio, e corro su per le scale.

La prima cosa che noto è che il tappeto del secondo piano si è consumato come se avesse subito ustioni, è l'unica cosa che vedo perché mi è difficile anche solo alzare lo sguardo, vado nella prima stanza di fronte io e chiudi la porta. Non voglio sentire cosa stanno dicendo al piano di sotto, non so nemmeno se stanno dicendo qualcosa, ma mi copro le orecchie con entrambe le mani e mi abbandono lentamente sul pavimento bagnato e sporco di quello che una volta era un elegante pezzo, ma che in questo momento odora di muffa e di terra.

Se qualche istante fa l'ho indicato pronto ad ucciderlo se fosse stato il traditore, ora provo lo stesso desiderio che se ne vada e scompaia. Non passa un minuto quando sento aprire la porta della stanza. Chi entra, lo sento appoggiarsi a me con l'eleganza e il silenzio di un esperto. Non dice niente, ma nel silenzio posso persino sentire il suo respiro. Tolgo le mani dalle orecchie e giro lentamente la testa. Il profilo dal naso dritto di Satiro e le labbra appena sporgenti sono accanto a me, è sdraiato supino con gli occhi aperti.

"In questi casi", dice, "penso che rinuncerei persino alla vita di uno di voi per un bicchiere di Joan Megghia on the rocks", dice, riferendosi al miglior whisky di SyanL. Il commento mi fa sorridere, per la familiarità di quel nome, e allo stesso tempo mi spaventa sapere che non è una mala idea.

"Credi che anche con un sorso tutto migliorerebbe?" Gli chiedo, la mia voce è ancora più debole della sua.

"Forse sì, whisky... acqua della vita", ride, "è ironico che essendo il suo significato, dobbiamo morire per questo".

"Forse ci vuole più di un sorso."

"Se ti piacciono le emozioni forti", mi guarda e sorride, "allora suppongo di sì."

Nessuno di noi dice niente per un momento. Sento che c'è qualcosa che non conosco, che nelle mie assenze, che prima di incontrare Delonge e quando sono arrivato a Toot, sono successe cose che nessuno vuole dirmi, ma non ho modo di scoprirlo.

"Cos'è un'emozione forte?" finalmente sussurro.

"La nascita è abbastanza forte", risponde senza staccare gli occhi dal soffitto, il luogo dove un tempo forse c'era una lampada cristallina.

"E il contrario?"

"Morire? È molto più forte" spiega, "perché alla nascita non ti accorgi di nascere", sospira, "e quando muori lo sai, soprattutto con il nostro stile di vita", dice e lo fa con tale freschezza che quel freddo delle sue parole Mi dà quel tipo di brivido notturno che si sente solo nei cimiteri o nei conventi abbandonati. Satiro sospira di nuovo con desiderio.

"L'acqua della vita, o alla fine, l'acqua della morte, fa ancora parte di noi."

"Anche se non fosse on the rocks, lo accetterei", dice, lo beve sempre così, altrimenti lo annoia, "lo accetterei lo stesso, anche con quel disgustoso sapore di lime che tanto piace a Silfide ", sorrido, è vero, la mia amica, a differenza di lui, lo preferisce con quel gusto agrumato.

"Satiro?" Comincio, lui inarca le sopracciglia, come per darmi la parola. "Potrebbe essere che abbiamo dato al liquore una storia d'amore che non ha, così non ci sentiamo male quando lo beviamo?"

"Credo di sì. Ad essere onesti, non ha proprio un buon sapore," sentendolo dire quelle parole mi colpisce nella ghiandola della delusione. SyanL è quello, SyanL è whisky, il lavoro di SyanL si traduce in whisky e Satiro ha assolutamente ragione: l'alcol non ha un buon sapore.

"Cosa accadrà quando il mondo lo scoprirà?" Chiedo, anche se potremmo non vivere abbastanza a lungo per vedere come il pianeta si accorge che questo sapore forte non è così piacevole.

"Gorgona, tutto il mondo lo sa, lo sanno da migliaia di anni. Lo sappiamo quando beviamo il primo drink, non lo beviamo per il sapore della lingua, lo beviamo per il gusto nelle budella".

Scendo le scale con Satiro al mio fianco, riesco a distinguere dalle alte finestre che la luna nasconde dietro ampie nuvole.

"Tutto ok?" chiede Joshua, la sua voce con un accento di SyanL settentrionale che riempie l'intera stanza.

"Tutto ok," spiega Satiro, "tranne che non abbiamo un goccio di whisky per brindare," risponde, evito di guardare Drider, e anche se non ne sono sicura, so che anche lui evita me.

"No? Sei sicuro?" Joshua sorride senza perdere quella leadership che lo ha caratterizzato da quando è arrivato, anche senza dare un solo ordine.

Guardo in direzione di Estirge, per qualche ragione, spero di vederlo sconvolto, forse per il bacio, ma no, dalla sua borsa del cappotto tira fuori una bottiglia rotonda di vetro ambrato, piccola, delle dimensioni di una mano, il cappuccio è a forma di diamante, blu. Joan Megghia, dice sull'etichetta. I miei occhi vanno dalla bottiglia allo sguardo di Estirge, lui sorride e guarda anche me, qualcosa lo rende felice, qualcosa gli fa riemergere quei gesti che credevo avesse dimenticato. Quel sorriso accende la mia anima. Non so se è il whisky o se si sente come tutti gli altri e si è arreso.

Sono le quattro del mattino, oggi cambieremo sede. Anche così, tutto quello che ho in mente è quello che è successo ieri sera, tutto, il bacio di Drider, il brindisi che abbiamo fatto e quello avrebbe potuto essere l'ultimo. Il mio stomaco è ancora martellante per l'eccitazione o i nervi. Mi piacerebbe uscire e trovare un bar ma non so se posso farlo e non so nemmeno dove potrebbe esserci un'attività aperta a Toot a quest'ora al mattino.

La mia testa ripassa le scene della sera prima, mi alzo e cerco di evitare di fare rumore sul legno che scricchiola. Attraverso la finestra si intravede una piccola luna gialla, i cui bordi sono così delineati da sembrare una biglia che sta per caderci addosso.

"Mi piace più del sole" mi fa trasalire la voce di Estirge al mio fianco, "almeno la luna si vede direttamente senza diventare ciechi".

Lo vedo, il suo viso ovale, con i capelli in disordine eterno, è illuminato proprio da quella luna di cui parla. Non so cosa rispondere, all'improvviso mi sento timida e penso che dirò solo sciocchezze.

Con la coda dell'occhio vedo la sua silhouette. All'esterno si sentono rumori isolati di automobili, nelle vicinanze ci sono distillatori di whisky che fanno il turno di notte. Sono in funzione 24 ore su 24 e anche in questa zona c'è il rumore del lavoro.

"A cosa stai pensando?" Mi chiede, a bassa voce, lo guardo negli occhi e ho paura che la mia risposta possa anche annoiarlo. È stato così ricorrente negli ultimi giorni.

"Cos'altro?" Alzo le spalle e sento un sussulto nel petto quando lo vedo sorridere, sa cosa intendo, questa paura che mi assale ogni giorno da quella manifestazione in cui siamo finiti colti.

"Qualunque cosa accadrà", dice, "che ci piaccia o no", sottolinea senza smettere di guardare la luna.

"Cosa ti spaventa di più, Jimmy?" Gli chiedo, usando il suo vero nome, quel nome che quasi nessuno usa, tranne suo padre quando viveva.

"Felicità, perché mi sento fragile", quando mi guarda con il marrone intenso dei suoi occhi, la luna continua ad illuminargli il viso.

"E adesso? Sei felice?" io balbetto.

"Felice... e terrorizzato", dice, il suo viso è così vicino al mio. Sembra che sarebbe successo dall'inizio dei tempi, dal momento che entrambi non eravamo altro che polvere attorno alla stessa luna.

CAPITOLO

34

Ed era come se tutto intorno a noi cominciasse a svanire, come quando in un film veniamo trasportati in un ricordo, in un bel ricordo, in bianco e nero, in un ricordo francese e jazz. Così era la vicinanza di Estirge, il suo viso così vicino, i suoi occhi che esaminavano i miei, non il resto del mio viso, solo i miei occhi, le sue mani che esploravano la mia vita e le sue labbra sul punto di toccare le mie. Mentre l'ignoto e freddo Toot si scioglieva intorno a noi, come cera, nella mia testa tanti momenti vissuti al suo fianco. Come quella cena, in un ristorante francese, quando abbiamo appreso un anno fa che sei giornalisti erano stati assassinati dal commissario federale per le assunzioni di SyanL, Jaime Crest. Uccisi a sangue freddo, nudi e impiccati in luoghi strategici di Sy23, mostrando foto delle loro famiglie sopra i loro corpi, attaccati alle mani e ai piedi. Jaime Crest non è mai stato incolpato, ma era evidente,

"È lo più complicato", aveva detto Satiro, bevendo il suo doppio whisky in un sorso. "Famiglie!... Le famiglie dei giornalisti, loro, quelle che restano! Quelli che sopravvivono!"

"Cosa intendi?" chiese Silfide all'epoca, un po' persa nel suo atteggiamento, non era mai stata una ragazza di famiglia.

"Voglio dire che loro, i giornalisti, sono già morti. Sì, è doloroso, oltraggioso e Jaime Crest la pagherà", aveva detto Satiro guardando Ondina in modo significativo, dato che sarebbe stata lei a finirlo, "ma non ci sono più, non vivono più e anche se sicuramente il momento è stato terribile, quello che hanno fatto a loro, e le loro famiglie, l'angoscia di non sapere..." aveva detto guardandomi, come se dubitasse, probabilmente pensando a come non sapevo nulla della mia stessa famiglia, "ma ehi, è finita, non ci sono più ma le loro famiglie sì, sono loro che devono convivere con quel peso e con quel dolore. Jaime Crest ha acceso una scintilla che non finirà finché non sarà consumata", ha bevuto il resto del whisky, "questa è più o meno la definizione di violenza"

In quel momento Satiro aveva alzato una mano per chiamare il cameriere, ricordo di aver guardato il mio vestito nero lungo fino al ginocchio, prima di alzarmi, spazzolarmi delle macchie di polvere invisibili dal grembo ed uscire a prendere fiato.

So che Satiro non aveva detto tutto quel discorso per me, ma non potevo fare a meno di sentirmi accennata e sopraffatta. La mia famiglia, dov'erano? Non lo sapevo, e quelle parole da Satiro mi facevano male come un grillo caldo in faccia.

Ricordo come faceva freddo fuori anche quando era maggio. Non potevo fare a meno di pensare a quello che aveva detto, a quelle povere famiglie, a come il mondo si fosse trasformato in modo malvagio per loro, come un clima freddo in una stagione calda.

Nonostante il traffico intenso nel centro di SyanL, sentivo che la strada fuori da quel ristorante era così stretta, che le macchine erano dipinte, che non avevano spigoli né dimensioni, sentivo che quel freddo non era tipico di quel maggio, ma da un gelido dicembre di tanti anni fa.

Il ristorante francese era preceduto da alte finestre rosa, attraverso le quali vidi Estirge andare dov'ero io, sul marciapiede della strada. Il suo completo grigio contrastava con il castano scuro dei suoi capelli, che come sempre si muovevano nella brezza notturna.

Uscì fischiettando *La Vie en Rose*. Ricordo ora nei suoi occhi come quella notte ha attraversato l'intera melodia prima di iniziare a parlare fuori da quel ristorante.

"Ho iniziato a pensare a quello che diceva Satiro, alle famiglie, ho iniziato a pensare alle persone che amo e che non fanno parte della mia famiglia", aveva detto, con le mani nelle tasche del abito grigio, guardando la stessa luna, "Ho molte scelte a cui pensare, ma mi sei venuta in mente in primo luogo", il suo gesto confuso, ma allo stesso tempo rimarcando qualcosa di ovvio, "Sono rimasto sorpreso e forse ho cercato di eludere, pensando a altre persone, finché senza accorgermene ho iniziato a pensare soprattutto a te. Eccoti. Come quando qualcuno fa un gesto, o leggo qualcosa sui sentimenti, capisci? , tu vieni subito in la mia testa"

Ricordo l'esatto tono di voce ei gesti di Estirge quando me lo raccontava, in un momento in cui mi serviva solo aria fresca e lui mi dava di più, con poche semplici parole.

Oggi siamo a poche ore dal rischiare la vita, forse non mi rivedrò mai più in quegli occhi e questo mi spaventa. Voglio ricordare tutto, tutto, ora che l'ho davanti a me, ora, in questa discarica di un posto dove aspettiamo il momento giusto, qui, circondato da macerie, vecchi giornali e muri ammuffiti, circondato da colleghi pauroso quanto noi.

"Jimmy," gli dico, assaporando il suo nome, quello che non gli piace essere usato, quello che non fa usare a nessuno, ma a me. "se moriamo..."

"Nessuno morirà. Non lo farai," mi interrompe, apro la bocca per continuare il discorso commovente che stavo pensando di fare, ma non dico niente, lo vedo avvicinarsi e baciarmi con un'intensità così profonda che sembra dimostrarsi il contrario di quello che ha appena detto: sembra che siamo a pochi secondi dal lasciare per sempre la terra e che questo sia il suo addio, lo abbraccio e non voglio lasciarlo andare, lo contrasto con il bacio di Drider e non c'è livello minimo di confronto tra i due. Jimmy è tutto, sono i suoni che fa quando mi bacia e il calore del suo viso, è il profumo familiare che la sua pelle emana così vicino a me.

Ha ancora il sapore del whisky, del ghiaccio e so che da quel momento in poi, se sopravvivo, nessuna bevanda avrà lo stesso sapore, saranno tutte terribili rispetto a questa combinazione. Non so quanto durerà, non ci sono unità di tempo che possano misurare questo momento che segna un intero continente nella mia vita. Ma è il suono dei passi che scricchiolano sulle scale che ci separa. Quando mi allontano dalle sue labbra ho le vertigini, ma non so se è perché ho smesso di baciarlo o perché l'ho fatto in primo luogo.

Mi giro e vedo che Ondina è già ai piedi delle scale e ci vede, il suo viso non mostra sorpresa, in un certo senso c'è una rassegnazione nei suoi occhi, che lei conosce eterna. Gli altri stanno ancora scendendo, i loro passi sono leggeri ma il posto è così vecchio che il legno scricchiola. È Joshua che parla.

"E' ora", dice.

"È ancora mattina presto" rispondo, guardando il mio Nexus, la mia bocca è dolorante per il bacio. Joshua alza un sopracciglio e fa un mezzo sorriso prima di rispondere.

"C'è un leggero cambio di programma."

Il contrasto è quasi assurdo. Poche ore fa eravamo nel peggior porcile di Toot e ora siamo nella hall di Suits & Royal Inc., l'hotel più esclusivo di questa nazione. Per qualche ragione, le sue strutture minimaliste, le sue pareti bianche, i pavimenti immacolati e i suoi dipendenti, sono tutti attraenti, dal fattorino che ci accoglie alla porta, con i suoi capelli chiari e mossi, in contrasto con i suoi occhi neri, all'addetto alla reception che assiste noi, una rossa, con la pelle color cannella, gli occhi verdi e le labbra come un piccolo bocciolo di rosa. Questo ambiente mi mette più a disagio della discarica in cui eravamo prima, ma non riesco a indovinare il perché.

Ci travestiamo da eredi impertinenti e fastidiosi, ora siamo giovani impegnati a pensare alla festa, all'alcol, alle conquiste, o almeno questa è l'impressione che vogliamo dare.

Alla reception ci sono due persone, noi andiamo dalla rossa con gli occhi verdi che ci accoglie con un sorriso. È Joshua che gestisce il record. La ragazza alla reception sembra felice con lui, anche facendo un commento sulle cose belle che può visitare a Toot. Non so come. Toot può essere produttivo, con molti progressi, lavoro e ordine, ma non è bello. Joshua, tuttavia, finge di essere felice delle informazioni che la ragazza gli dice. Non mi interessa il loro flirt.

Ma, l'altra receptionist, la bionda dai capelli corti, non si diverte così tanto: una giovane donna la guarda seccata e si lamenta. La cliente è una ragazza grassa, dalle braccia pesanti e dalla voce profonda, il suo gesto si adatta perfettamente al suo atteggiamento infelice.

"Non capisco! Non riesco proprio a capire cosa ci faccio qui! Discutere con un impiegato scortese se ho la prenotazione!"

"Signorina, come ho indicato, non c'è registrazione e questo va fatto con almeno due ore di anticipo, se vuole aspettare non più di dieci minuti, faremo un'eccezione e la registreremo", la bionda dietro la reception cerca di non perdere la pazienza.

"Questo è assurdo! Sai chi sono?" La giovane donna obesa indica se stessa mentre con l'altra mano estrae un biglietto dalla sua borsetta lucida.

"Per favore, non si preoccupi signorina, tutti i nostri ospiti meritano un trattamento eccellente, comprensione e rispetto, ecco perché insisto nel chiederle se Lei vuole, io faccio la registrazione", la ragazza alla reception fa del suo meglio per continuare a sorridere. Deve essere molto ben addestrata per queste situazioni perché l'altra non le dà il braccio per torcere.

"Sono Dora Tarín De Barbé, nipote del presidente della Toot Communications Network, Ramón de Barbé", dice. La menzione del nome fa sì che noi sette ci guardiamo in allerta, cercando di essere il più discreti possibile.

Ecco qua: è lei la causa del leggero cambio di programma.

"Ho viaggiato per migliaia di chilometri da Kaoy, ho lasciato la scuola di moda, ho viaggiato su un aereo che era orribile e rudimentale per venire al galà di mio zio, ho rifiutato il suo invito personale a stare a casa sua, e si scopre che questo hotel , l'epitome dell'incompetenza, non ha spazio per me!

"Signorina, per favore, mantieni la calma."

"Sarò costretta a infastidire mio zio per informarlo di come vengo trattata e questo albergo subirà le conseguenze della tua inettitudine", dice, indicando la bionda.

Un uomo di non più di quarant'anni si avvicina al ricevimento e con voce pulita come il suo vestito cerca di calmare la volgare nipote di De Barbé.

"Signorina, comprendiamo il suo fastidio, io come Direttore ea nome dell'hotel, le chiedo scusa e la prego di essere così gentile da stare con noi nella suite presidenziale, ovviamente, gratuitamente", dice .

Il viso paffuto della ragazza non può sottrarsi a un enorme sorriso di felicità, non so se sia per il fatto che non dovrà pagare o perché il suo scandalo ha dato i suoi frutti al solo accenno di Ramón de Barbé . Improvvisamente si rivolge a noi, come per assicurarsi di avere più pubblico in quel riconoscimento fatto dal Direttore dell'Hotel. Vedo come la sua arroganza si trasformi in nervosismo di bambina quando incontra lo sguardo seducente di Satiro, che in un atto molto ben preparato, gli proietta sul viso una falsa smorfia di ammirazione.

Joshua continua a parlare con il nostro addetto alla reception, ma colgo il suo sguardo di sbieco, Satiro sorride e il piano inizia.

"Una cosa è che Reneé invii istruzioni per complicare ulteriormente il piano e un'altra è che lo complichiamo noi stessi", dice Silfide, prendendo una bottiglia d'acqua dal minibar della nostra suite. Satiro digita qualcosa sul suo Nexus e sembra un musicista immerso in un pianoforte, che suona l'ultimo pezzo della serata. Ha quello sguardo intenso che vediamo regolarmente in lui.

"In effetti", dice Estirge, "penso che il piano proposto da Joshua e Sátiro sia ancora più semplice e facile di quello che abbiamo elaborato insieme a Reneé".

"È un piano basato sul caso", dice Drider, camminando per la stanza, "la possibilità di aver trovato qui la nipote di Ramón de Barbé".

"Ecco cosa intendo" continua Silfide, "ci sono molti rischi nel continuare a modificare il nostro piano iniziale".

"Non ci sono così tanti cambiamenti", spiega Joshua. "Reneé e Delonge volevano che cambiassimo la nostra sede e rimanessimo qui per essere vicino al luogo in cui si terrà il Gala Ramón de Barbé. Ci saranno Alex Zendejas, Luis Romano e ovviamente Ramón, quindi, come aveva indicato Reneé in SyanL, le possibilità che Lola parteciperà a questo gala sono enormi", spiega Joshua, proiettando con il suo Nexus una mappa del luogo in cui si svolgerà l'evento tenuto, così come una copia dell'invito che è stato fatto ai funzionari di Toot.

La nostra idea iniziale era quella di entrare nella festa attraverso uscite di emergenza, ma la sera prima Dora Tarín aveva rilasciato interviste ai media Kaoy, informando che avrebbe partecipato al Gala dove suo zio avrebbe tenuto la mostra annuale di Whisky, ecco perché siamo sicuri che Lola sará lá. La discrezione di quell'evento era stata massima, non sorprende che la nipote di Ramón de Barbé ne abbia parlato con l'intenzione di proiettarsi come ospite di un evento così esclusivo tra la classe politica e imprenditoriale di Toot.

Abbiamo appena saputo dell'intervista di Dora stamattina, questo colpo di scena è stato così estremo che non ho nemmeno avuto il tempo di assimilare quello che è successo, prima con Drider e poi con Estirge. Li vedo, controllano entrambi la proiezione della mappa che Joshua presenta. Nessuno poteva vedere il modo in cui Estirge ed io ci baciavamo prima dell'alba, tranne Ondina, che non ha detto una sola parola al riguardo. Non voglio che lo faccia, voglio che quel momento sia tra me e Estirge, niente di più, nessun altro. Ho ancora paura, ma prima di quel bacio avevo paura di perdere qualcosa che non ero nemmeno sicura di avere. Adesso mi sento più coraggiosa, non so se è perché il tempo per portare a termine la missione è più vicino o perché sono certo che dopo tutti questi anni, tutto questo tempo, io e Estirge abbiamo un culmine nella nostra storia, dopo essere stati fianco a fianco, distruggendo per molti anni, uccidendo per molti anni, oggi abbiamo qualcosa da costruire. L'unica cosa che ci resta è sopravvivere.

"In effetti, la presenza della nipote di Ramón rende tutto più facile. Non dovremo infiltrarci al Gala al buio, perché se riusciamo ad avvicinarci a Dora Tarín de Barbé, potremmo riuscire ad entrare dalla porta principale, senza destare sospetti. Una volta dentro, aspettiamo il momento giusto ed eliminiamo loro quattro, Alex, Ramón, Luis e ovviamente Lola, proprio come hanno stabilito Reneé e Delonge", indica Joshua.

"Il problema è che se varchiamo la porta principale, sicuramente ci controlleranno, ci scannerizzeranno e non potremo avere le nostre armi con noi", dice Ondina.

"Ciò non presenta alcuna difficoltà, le armi saranno già lì, ho dei contatti che possono nasconderle prima del galà," Joshua risponde con un gesto impaziente che mi fa pensare a Reneé, "una volta dentro, ci metteremo al lavoro una certa ora, e quasi contemporaneamente alle azioni che incontreremo sul tetto del locale, il jet sarà pronto, dieci minuti dopo l'inizio dell'attacco, contatterò il pilota per aspettarci in tempo, è molto importante fare le cose nel momento giusto per scappare.

"Mi occupo di fare amicizia con Dora Tarín", indica Sátiro, "il gala è domani sera, quindi ho tutto il giorno oggi per lavorarci", afferma. Drider ed Estirge sorridono consapevolmente. Dora Tarín non è una ragazza carina o simpatica, anzi, il suo aspetto volgare e arrogante la rende ancora più antipatica, ma potremmo tutti renderci conto del suo shock nell'incontrare gli occhi azzurri di Sátiro.

"E se la balena non ti prendesse in considerazione?" chiede Silfide, suonando sprezzante e gelosa allo stesso tempo. È assurdo, sa che Satiro lo farà per il piano e che lei, essendo così bella, non deve essere gelosa di Dora. Ma questo è esattamente ciò che accade con loro due. Nella sua relazione con Satiro, non si vede come la splendida donna che è, ma come un altro essere umano, quasi come una ragazza, perché ciò che attrae Satiro in lei, lo sappiamo tutti, non è il suo viso, né il suo corpo, ma tutto quello che ha conservato da quando si è unita a noi: la sua vulnerabilità, la sua risata fragorosa, la sua rabbia e i suoi capricci, la sua vita solitaria nel rifugio dei Salvatori. Silfide lo sa. Da quando lui ha perso Lito, Satiro cerca qualcuno di cui prendersi cura e Silfide è sempre stata quella persona.

"Impossibile," corregge Satiro "la donna che sa respingermi non è ancora nata... dovresti saperlo," dice quest'ultima frase abbassando la voce, la mia amica lo guarda furiosa, "ma nell'inimmaginabile caso che Dora Tarín sia diversa da tutte le donne" osserva, Silfide socchiude gli occhi e sospira irritata prima che Satiro continui, "Suppongo che possiamo tornare al piano di intrufolarci nel galà come gatti notturni, giusto?", chiede, guardando a Joshua.

"Certo, ma non credo sarà necessario", dice Joshua, "l'idea che tu la seduci è molto solida".

"Solida la fottuta madre che ha partorito quella mucca," mormora Silfide, solo io e Drider la sentiamo. Ci siamo guardati, trattenendoci dalle risate, solo un secondo prima di ricordare il bacio che mi aveva dato la sera prima, davanti a tutti e con risultati terribili. Sembra improvvisamente rianimarlo, i suoi grandi occhi tristi come quelli di un vecchio cane si allontanano, e quel vecchio cane si trasforma in un giovane doberman e guardando con interesse Joshua, parla per la prima volta in diverse ore.

"Non resta che decidere qualcosa di fondamentale: chi ucciderà chi".

Siamo scesi al ristorante di cibo costiero dell'hotel. Satiro non viene con noi. Per prima cosa farà finta di essere arrabbiato perché secondo il nostro alibi è l'unico che viene in vacanza a Toot senza un compagno. Per il resto di noi, io sono la ragazza di Joshua, Ondina viene con Drider e grazie al mio suggerimento, Silfide viene abbracciando Estirge. È molto più carina di Ondina ma non mi fido della sirena, preferisco che Estirge finga di essere il partner di qualcuno di cui mi fido. Non lo dice, ma so che preferisce vedermi accanto a Joshua, che da lontano e da vicino è molto più attraente di Drider. Inoltre Joshua non mi ha baciato alla sprovvista davanti a tutti, come ha fatto Drider.

L'albergo, devo accettarlo, è elegante anche nell'addetto all'ascensore. Il ristorante sembra uscito da un film sull'antica nazione italiana. Guardo Joshua con la coda dell'occhio, profilo elegante e una bella bocca rosa, penso che sia persino più carino di noi tre ragazze. Il suo aspetto spensierato è ciò che attira di più, porta una barba di due giorni e i suoi capelli castani un po' arruffati.

Estirge è molto diverso, i suoi capelli sono troppo ribelli, non setosi e pettinabili come quelli del mio presunto fidanzato. Scendiamo al piano di sotto e Joshua parla con il nostro maître che, come il resto dello staff, sembra un esemplare da catalogo. Scommetto che tutte queste persone non sono di Toot, sembrano costiere e forse potrebbero anche provenire da SyanL. La gente di Toot non è carina, non potrei mai innamorarmi di qualcuno qui. Guardo Estirge, indossa l'abito nero con l'eleganza che può venire solo da SyanL. Accanto a lui, Silfide nel suo vestito rosso attillato si muove con la sicurezza che solo l'incarnazione della bellezza può mostrare. Il maître, con tutta la sua finezza e professionalità, non può fare a meno di guardare la mia amica. Per fortuna Satiro non è ancora qui per osservare come i ragazzi del ristorante hanno osservato a Silfide.

Sappiamo che Dora Tarín verrà a cena, possiamo presumerlo perché è evidente il suo bisogno di manifestarsi come persona influente, ma non possiamo correre rischi, Joshua ha contatti in hotel e lo hanno informato. È incredibile come Joshua sia diventato necessario per la missione, anche se i ragazzi non lo hanno accolto molto bene, ora i contatti e le idee di Joshua, così come la sua leadership, ci sono stati molto utili. È questo il motivo della sua presenza? Hanno così poca fiducia in noi, Reneé e Delonge?

Arriviamo al tavolo degli otto posti, siamo sicuri che Dora Tarín non sarà l'eccezione alla regola quando si parla di fascino di Satiro. Nessuno lo è, non importa quanto il mio orgoglio femminile mi pesa, l'ho persino sognato, soprattutto dopo quel caldo bacio di qualche anno fa. Conosco i miei sentimenti, so chi è l'unico che mi fa pensare al ghiaccio di whisky come se fossero ciottoli di fiume, chi è l'unico che mi fa amare quella stupida melodia, *La Vie en Rose.* So che è Jimmy, ma nessuna donna può fare a meno di sentire un solletico sulle labbra quando incontra Satiro.

Non so come posso essere così sicura di quello che provo per Estirge, so solo che per amarlo, la vita è un buon carburante e questo fa sì che la mia paura della morte non risplenda.

Una cameriera con la vita stretta e le labbra a forma di cuore si avvicina per darci il menu, non si nasconde quando rivede Joshua con gli occhi, e lì sarebbe dovuta restare, ma poi i suoi occhi vanno a Estirge. Bene, congratulazioni per il tuo rapido debutto nella categoria delle troie. Sorride alla persona che conta di più per me su questa terra e gli offre del whisky come se fosse un'infermiera e lui un ferito di guerra. Silfide mi guarda e indovina la mia gelosia, poi mi fa l'occhiolino e parla.

"Tesoro," dice alla cameriera, "è possibile che qualcuno che sembra meno una zitella disperata possa servirci? Grazie," La voce di Silfide mette fine al flirt della cameriera, Estirge guarda la mia amica e poi me. Sorride, è come se mi stesse baciando di nuovo. Questo è abbastanza per ora.

"C'è Dora," dice Ondina prendendo una sigaretta che Drider le offre. In genere non fuma, ma è sua abitudine cercare di essere più interessante di quanto non sia in realtà, pensando che con le sigarette ci riuscirà.

Dora occupa il tavolo davanti a noi, la sua prenotazione è stata effettuata dai contatti di Joshua. La nipote di Ramón ordina un bicchiere di rum e la nostra antipatia la conquista ulteriormente. Rum. Silfide sorride, la gelosia che potrebbe aver provato prima momentaneamente diluita dalla bevanda che Dora ha appena ordinato. Satiro ha un disgusto per il rum, che serve a confortare Silfide, almeno per ora.

Al nostro tavolo ordiniamo tutti whisky e il nuovo cameriere ne è contento. Sarei tentata di ordinare un bicchiere di Tino Tawrr per ricordare mio nonno, ma sarebbe rischioso, soprattutto quando si sospettava che un cittadino criminale della nazione nemica di Toot fosse qui all'aeroporto.

Ordino whisky locale, Root's, essendo sicura dell'eccesso di alcol che avrà la mia bevanda. Dora Tarín guarda il suo Nexus e tipi, il suo viso grassoccio sembra annoiato, a prima vista si può leggere che odia la sua vita, che avere uno zio ricco e potente in Toot non le basta per sentire che la sua esistenza vale qualcosa.

C'è Satiro, che entra, ma non ci guarda, non guarda nessuno e va dritto al bar. Senza alcuna intenzione di esagerare, ha un aspetto migliore del solito, i suoi capelli sono impeccabili, il suo abito blu contrasta con il castano dorato dei suoi capelli e si intona ai suoi occhi, Silfide fa un grande sforzo per ignorarlo.

"Povero ragazzo," dice Ondina ad alta voce, dando così inizio alla commedia, "donna dopo donna e ancora non riesce a trovare quella giusta".

«Ma non siamo da biasimare, giusto? Avevamo programmato questi viaggi... Cosa ne pensi, amore mio?" Silfide dice nello stesso volume e avvicinandosi a Estirge, "dopotutto, è il tuo migliore amico".

"È solo triste", risponde. Distinguo come Dora Tarín ci guarda discretamente e poi dirige lo sguardo verso il bar, dove c'è Satiro.

"Non è nostra responsabilità", interviene Joshua "non è più un bambino, non dovrebbe cercare sciocchezze, ma qualcuna che lo capisca davvero," il tono serio e piacevole della sua voce fa sembrare davvero una conversazione casuale , tra giovani che spettegolano di un amico.

"Ti capisco, tesoro," dico con voce idiota. Joshua mi sorride e mi bacia velocemente sulle labbra. Non posso fare a meno di guardare Estirge, sorride con nonchalance ma beve un profondo sorso del suo whisky secco.

"Ordiniamo?" chiede Drider, alzando la voce. Dora Tarín ci guarda apertamente, senza nascondersi. Vorrei che potessimo sapere cosa le passa per la testa. Chiamiamo il cameriere per ordinare e lei fa lo stesso. Non vediamo progressi immediati sul nostro piano, ma sappiamo che non c'è motivo di disperare, abbiamo tutta la notte per fare in modo che Dora si avvicini in qualche modo al nostro amico.

E così succede, pochi minuti dopo un cameriere porta a Satiro un doppio whisky. Possiamo notare che si tratta di un whisky Joan Megghia, di SyanL per via della decorazione del bicchiere in blu e oro, è consuetudine decorarlo con alcuni dettagli, a seconda del luogo di provenienza della bevanda. Anche se Dora Tarín sta bevendo rum, sa che il liquore più squisito di questo posto è il whisky di SyanL ed è per questo che lo manda a Sátiro.

Vediamo come il cameriere offre a Sátiro un bicchiere delicato e poi gli sussurra qualcosa all'orecchio. Satiro, recitando bene il suo ruolo, finge di essere sorpreso e incredulo, guarda il tavolo di Dora e le sorride alzando il bicchiere.

Conosciamo in anticipo la sua prossima mossa: manda a Dora la stessa cosa, il whisky SyanL. Dora sorride e poi ci guarda.

"Posso sedermi con voi? Sono sola", chiede, sorridendo con la sicurezza che prova per aver ricevuto l'attenzione di Satiro.

"Sarebbe un nostro piacere", è Joshua che risponde, con il suo facile sorriso. Due uomini così, attenti a una volgare arrogante come lei, questa ragazza deve sentirsi sognata.

"Grazie!" lei risponde. Capisco cosa sta facendo, vuole che Satiro si avvicini a lei da solo e vuole farlo attraverso di noi. Ed è proprio quello che stiamo cercando. Dora si siede accanto a Joshua mentre il cameriere le porta il drink, lascia un posto vuoto sulla sedia accanto a lei. Gli occhi espressivi di Silfide la trafiggono, non le piace quel piccolo atto e sappiamo tutti perché. Il mio amico è molto professionale e sa di non mescolare il personale in questo, ma anche così, non sai mai cosa potrebbe succedere. Lo sento nella mia stessa carne perché Ondina è seduta accanto a Estirge e questo mi pesa, soprattutto perché non so se potrò ignorare i suoi approcci a lui, dato che sicuramente li avrà per tutta la serata. Joshua dovrebbe essere il mio partner per ora e quello'

"Di dove sei?" chiede Dora. In qualche modo la sua arroganza mi infastidisce, a tavola è la meno attraente di tutte e si muove e ride come se non fosse così.

"Siamo di LaGem, tutti noi", indica Joshua, "beh, tranne Jair, è di La Costa", Joshua lo indica con la testa prima di bere un sorso del suo whisky. Non posso fare a meno di sentirmi a disagio per il fatto che stiamo usando i nostri veri nomi, ma non abbiamo alcuna opzione, quei nomi compaiono sui nostri falsi ID, cambiando solo il luogo di origine.

"Oh, non ho mai visitato LaGem, non sono una persona di montagna, sai?" si rivolge solo a lui: "Sono totalmente della città".

"LaGem è anche un luogo urbano, sebbene sia circondato da montagne", sottolinea Silfide, che mi avverte, questo è il comportamento di cui non abbiamo bisogno. Chiediamo a questa donna di amarci e invitarci al galà di Ramón de Barbé.

"Lo so," risponde, apparentemente non ha notato la furia nella voce di Silfide, "ma quanto al cosmopolita, nessuno è paragonabile a Toot, suppongo che sarete d'accordo, ora che vivo a Kaoy per studi, ho dimostrato, Toot è unico," dice guardando direttamente il bar. Satiro è ancora seduto lì, a voltarci le spalle, come se non sapesse niente. Dora non vede l'ora di abbandonare le formalità e chiedere di lui.

"Sei in vacanza?" Ci guarda, ora, a tutti noi.

"Sì, anche se questo hotel non rende giustizia alla fama di Toot", dice Drider, mettendo in mostra la sua più grande faccia di disgusto. Il viso di Dora si illumina.

"Giusto? È terribile, almeno io non sono abituata a questo tipo di trattamento", risponde schioccando le dita in modo rude, il cameriere si avvicina, "un altro e portane un altro al ragazzo del bar," dice, incoraggiata.

"Certo, nient'altro?" Ci guarda, è estremamente attraente, ha i capelli scuri, grandi occhi verdi.

"Mi vengono in mente un paio di cose…" dice Silfide strizzandogli l'occhio, ridiamo tutti, lui compreso. L'unica che sembra non trovarlo divertente è Dora. Quando il cameriere se ne va, esprime la sua opinione.

"Perché flirti con i domestici? E davanti al tuo ragazzo!" guarda Estirge con un gesto preoccupato. Merda, è vero, dovremmo essere tutti qui in coppia, tranne Satiro.

"Non importa," risponde Estirge, scrollando le spalle, "alla fine lei viene con me, non con il cameriere" dice, meno male, bella risposta, anche se immaginare quello che ha detto non è proprio piacevole per me, anche quando sappi che è una farsa.

"E perché il vostro amico del bar non è con voi?" chiede Dora mentre gioca nervosamente con un tovagliolo d'oro.

"Ah!" Rispondo con il gesto che farebbe una madre lamentandosi del figlio, "è sconvolto, dovremmo venire tutti in coppia, ma prima di partire…" Bevo un po' del mio whisky godendomi il viso impaziente di Dora, " ha scoperto che la sua ragazza lo tradiva. È arrivato in aeroporto e dopo averci raccontato cosa era successo…"

"Ha deciso che sarebbe venuto da solo al viaggio", continua Silfide, "è stato fortunato a sbarazzarsi della donna con cui usciva, " La osservo, forse è solo una mia percezione, ma non posso fare a meno di notare quella dolcezza nota nella voce di Silfide quando parla di Satiro. È sempre stato difficile per me capire la loro relazione, ma so che non è facile. I due hanno un passato difficile. Quello che è successo con il fratello di Sátiro, Lito, sembra un capitolo comico rispetto al resto della sua storia e intendo la storia di entrambi. Forse è per questo che sono i preferiti l'uno dell'altro, le loro vite sono così spezzate che hanno già formato un puzzle tra i due. Non so se mettere insieme i pezzi in questo modo funzionerà per loro.

Sembra che Dora Tarín non si accorga affatto del tono affettuoso della voce della mia amica, si limita a guardare Satiro, che è ancora al bar, da solo.

"Non c'è vita umana che possa portarlo, è ostinato" concludo, Dora lo guarda incuriosita, l'aspetto di Satiro crea curiosità, ma questa volta non sono le sue labbra sottili; ciò che attrae la nipote di Barbé è la sua rabbia, la sua apparente delusione e vulnerabilità. O almeno così crede, visto che la persona meno vulnerabile che ho incontrato nella mia vita è Satiro, però lei non lo sa.

"Cosa ne pensi se…" esordisce Dora, che però non riesce a completare la sua domanda, perché Ondina la interrompe.

"Jimmy, hai un accendino?" dice a Estirge mentre gli tocca casualmente il braccio, non può essere così stupida!

Sono sicura che Dora direbbe qualcosa per far venire Satiro. Inoltre non mi piace il modo in cui si rivolge a Estirge o il modo in cui lo tocca. Lei sa cosa succede tra noi, è stata l'unica a vederci stamattina, so che lo fa con l'intenzione di infastidirmi.

"Eh, no, scusa," risponde lui, a disagio. Sorrido quando Dora socchiude gli occhi e insiste.

"Come dicevo prima di essere interrotta dalla tua dipendenza da sigaro", dice a Ondina e non posso fare a meno di allargare il sorriso, è inevitabile, "cosa ne pensi se uno di voi gli parla?" guarda Satiro quasi infantile: "Mi dispiace tanto che sia lì da solo e noi siamo qui, a divertirci così tanto!" Dora ha ordinato un altro rum e le sue guance sono arrossate. È orgogliosa di essere bella e importante, ma alcuni colpi di rum normale la fanno arrossire.

"Perché non te ne vai, tesoro?" Dice a Estirge e tutta la simpatia che la sua scortesia verso Ondina aveva suscitato in me, svanisce quando la vedo dare ordini a Estirge. Lo guardo sorridere con forza, so che in questo momento gli piacerebbe mettere al suo posto questa donna viziata, ma si alza e con quel gesto carino sulle labbra, va al bar dove Satiro continua a bere. Lo vedo passare per il ristorante, mi piace la disinvoltura e l'armonia con cui si muove, sembra che prenda molto sul serio il ruolo del giovane erede che sta interpretando.

Lo segue anche lo sguardo nervoso di Dora Tarín, sa che se Sátiro dice di no il rifiuto sarebbe nei suoi confronti e una persona così non è abituata a quel tipo di umiliazione. Estirge chiede qualcosa al gestore del bar, secondo il bicchiere so che è whisky di SyanL. Immagino il sapore di quel whisky nella sua bocca e devo chiudere gli occhi per non correre a baciarlo un'altra volta. Si siede accanto a Satiro ed entrambi si girano verso il nostro tavolo. Dora arrossisce ancora di più quando Satiro le sorride. Silfide beve il contenuto della sua stessa bevanda molto rapidamente. E poi lo capisco, lo vedo bene: lei è mortalmente innamorata di lui. Mi passano per la testa diversi momenti: il giorno in cui Satiro l'ha trovata in mezzo al viale principale con un polso rotto, era appena scappata dal rifugio e dagli agenti di classe B che l'hanno beccata, le diede un duro pestaggio, Volevano qualcosa in più, ma lui arrivò puntuale, insieme a Jimmy, facendo fuggire gli aggressori. Anche in quell'occasione in cui Satiro quasi morì per la ferita all'addome, Silfide fu l'unica che è stata tre notti sveglia a prendersi cura di lui. Quando lei si è recata a Mahat per prendere il virus Dali che avrebbe ucciso i quattro coleotteri, Satiro è andato a prenderla all'aeroporto, il volo è arrivato alle cinque del mattino e avevano fatto il check-in fino alle tre del pomeriggio. Nessuno gli ha mai chiesto dove fossero, o cosa fosse successo, è ridicolo come l'amore degli altri passi davanti ai tuoi occhi e tu non lo vedi perché sei così immerso nel tuo. Ora lo vedo così chiaramente, Silfide sa che questo è uno stratagemma ma non resiste ancora alla gelosia,

Estirge ed io non siamo gli unici a provare quella paura di perdere qualcuno. Vedo come Dora non distoglie gli occhi dal bar. I gesti che Estirge fa, convincendo Satiro, sembrano veri, ci guarda e sorride. Dora sa di aver vinto, che presto sarà qui. È difficile dare la colpa a quella gioia.

Vengono entrambi al tavolo, Satiro è leggermente più alto di Estirge, ma entrambi si muovono con grazia, la faccia triste che finge di mostrare è quasi sexy, quasi morbosa. Come previsto, si siede accanto a Dora, sorridendo timidamente.

"Grazie per il whisky", dice direttamente Satiro, salutandola con un bacio sulla guancia e abbracciandola un po'. Lo sguardo di Silfide segue tutti quei movimenti. Capisco alla mia amica, capisco che sebbene Dora le sia inferiore in ogni modo e livello, è impossibile che non si contorcesse di gelosia, e forse questa è la cosa peggiore: vedere la persona che ami con qualcuno che lo fa sembrare appassito e noioso. Guardo Ondina, che come sempre cerca di attirare l'attenzione di Estirge. Sì, sicuramente vedere la persona che ami con l'incarnazione della noia è frustrante.

"Non dirlo nemmeno, so riconoscere quando qualcuno ha bisogno di un dettaglio," Dora gli tocca una spalla.

"Cosa ti fa pensare che io...?" Sembra confuso e ci guarda, "no, no, voi ragazzi non potete essere così ficcanasi e andare in giro a parlare della mia vita!" dice e poi la guarda, dopo a noi, "voi idioti mi fate brutta figura con questa bella signora", sorride. Non riesco a credere che Dora sia così idiota da innamorarsene. Ma lei lo è.

"Non preoccuparti, " dice Dora. Per lei non esistiamo più, siamo una semplice cornice che circonda il suo flirt con lui, che solo in risposta ammicca. Silfide chiama il cameriere e chiede del whisky SyanL, questa volta secco. Lo beve così solo quando è nervosa o sconvolta. Dora continua a parlare con Satiro e il resto di noi dobbiamo parlare, sarebbe sospetto rimanere a guardarli come degli idioti. Ad ogni modo, so che Joshua ascolterà in silenzio ogni parola della loro conversazione. Mi rivolgo a Silfide, che ha appena finito di bere e sta già chiamando il cameriere per ordinarne un altro.

"Tesoro, un altro per favore, anche secco", dice toccando il cameriere nel braccio, Satiro si gira e la guarda in modo strano, persino divertito. Il cameriere torna con il whisky di Silfide e questo è il momento più pericoloso di tutta la notte, poiché Satiro non resiste e parla:

"Pensavo che non l'avessi bevuto secco", dice. Dora smette di sorridere e li guarda entrambi, accigliata, perplessa. I miei nervi crescono, è un tipo di intimità che non si può nascondere. Un silenzio pesante invade il tavolo e guardo Estirge, nei suoi occhi vedo le chiare scuse per quello che farà. Annuisco discretamente e guardo il fondo del mio bicchiere, quindi non vedo cosa sta per succedere, tuttavia, sento la voce di Estirge.

"Lo beve così perché lo trovo molto sexy", dice e poi segue un silenzio in cui so che la sta baciando.

"Odio tutto questo", dice Silfide a bassa voce, "odio questa donna e Lola, e tutti, odio Reneé e Delonge", ride amaramente, "odio che oggi possa essere l'ultimo giorno della mia vita, " guarda il suo bicchiere d'acqua con nostalgia. Entrambi abbiamo cercato di ignorare il trambusto al tavolo "Odio non poter bere più whisky in questa mia ultima notte".

"Se beviamo di più, domani andremo a un fallimento diretto", le dico, anche se mi sento come lei.

"E' strano, non so se si tratta di portare dentro di sé lo spirito di SyanL, ma quando bevo whisky mi dimentico di essere capace di lamentarmi, piangere o arrabbiarmi" attraverso la grande finestra si vede il tramonto arancione di Toot, piena di edifici,"Ricordo solo di aver guardato l'orizzonte ei suoi colori" sospira.

"Toot è orribile," dico, "ma un tramonto è bello da qualsiasi luogo".

"Non posso credere che l'ultima persona con cui starà prima di quello che potrebbe essere il nostro ultimo giorno di vita sia quella monella viziata", dice, guardando Satiro parlare con Dora.

“E' ora di andare,” interrompe Estirge, lo vedo e le parole di ieri mi risuonano in testa “dai,” dice a bassa voce, “Satiro starà qui con Dora, da lì in poi se la caverà lui da solo”, ci spiega. Anche Joshua si avvicina e mi prende la mano.

"Satiro vuole che li lasciamo soli, lui la fa mangiare dalla sua mano", dice, li vedo e mi rendo conto che il suo commento è letterale, Dora prende un pezzo di biscotto cremoso che lui le offre, ha il suo fascino sorriso di un adolescente innamorato.

Guardo Silfide con attenzione, sta soffrendo molto. Sì, è meglio che andiamo a dormire subito, domani Sátiro ci informerà se andremo al galà di Ramón de Barbé o se dovremo infilarci dentro. Estirge prende Silfide per mano, e in qualche modo sembra che stia porgendo le sue condoglianze.

Ondina e Drider si alzano insieme a noi e ci salutiamo. Abbiamo un piano basato sul fascino di Satiro. Non sono preoccupata, so che ci riuscirà, è domani che mi innervosisce. Noi sei siamo nell'ascensore, l'unica a parlare è Silfide.

“E' assurdo, ridicolo e penso che stia oltrepassando il limite, non deve comportarsi da marito con la donna incinta, giusto? Satiro sta esagerando!"

"Calmati", le dice Joshua, "sa cosa sta facendo".

"Ho avuto l'impressione che Tarín fosse caduto nella trappola," interviene Drider, "sembrava più che soddisfatta delle coccole stucchevoli di Sátiro.

"E sicuramente stavano appena iniziando", dice Ondina, con un mezzo sorriso, con irritazione di Silfide.

"Non voglio saperlo, non mi interessa," interrompe Silfide, subito.

"Non fare la bambina," la rimprovera Drider, conosciamo tutti i sentimenti di Silfide, ma è il tipo di argomento che non tocchiamo mai e Drider sceglie questo momento per parlarne ad alta voce, "le emozioni devono essere limitate in questi situazioni."

"Oh veramente?" Estirge parla, con il suo tono ironico, guardando Drider in modo interrogativo: "È vero? I sentimenti sono stati esclusi?" La sua voce è l'unica cosa che si sente insieme al rumore dell'ascensore, a quest'ora della notte non c'è quasi nessuno nell'atrio.

"Se ti riferisci al momento che ho avuto con Gorgona" risponde sprezzante Drider mentre saliamo, il suo tono di voce mi infastidisce e sento che c'è qualcosa di molto imbarazzante in tutto questo, "non era importante", conclude.

"Non?" chiede Ondina, beffarda e allo stesso tempo incredula, nel riflesso dell'ascensore, Drider guarda me e poi Estirge.

"E' stato un impulso stupido," dice deciso, "ho paura della morte" i suoi occhi si incupiscono, "è qualcosa che sentiamo tutti", ci guarda, vedo che Joshua approva con un gesto di rassegnazione, "noi avete tutti paura di quello che accadrà domani, non lo senti, Estirge?" lo interroga con quello sguardo duro. Siamo arrivati al piano delle nostre stanze. Nelle pupille di Drider vedo un veleno amaro, che emula il ragno che è il suo simbolo, "non ti viene improvvisamente voglia di fare cose stupide? Cose... azioni, così assurde che non avevi mai fatto prima, fino a questo preciso momento," continua, il suo gesto ora si trasforma in indignazione.

Allora ho capito. Ci fermiamo fuori dall'ascensore, nessuno ha intenzione di muoversi, sento crescere ancora di più la tensione, quello che è successo poco fa, a tavola in presenza di Dora, non era niente in confronto a questo ambiente. Ondina incrocia le braccia e mi guarda senza battere ciglio, sta già sorridendo apertamente. La sua faccia non è più quella di una volta; mi guardava diversamente, quasi con ammirazione, era consapevole delle mie parole, dei miei gesti e in molte occasioni mi imitava, ora il suo sguardo è pieno di risentimento, ed è misto a un godimento molto contorto per questa scena. Quindi ho capito che l'ha detto a Drider, gli ha detto che ci ha visti baciarci la stessa notte in cui lui ha baciato me. Estirge non risponde, ha capito tutto.

"Bene?" Drider insiste. In qualche modo mi dà fastidio che il suo bacio improvviso non significasse nulla.

"Niente di quello che ho fatto in questi giorni mi fa rimpiangere", sento la mano di Estirge prendere la mia, il mio primo pensiero è che Dora Tarín potrebbe vederci e il piano sarebbe rovinato. Poi mi rendo conto del caldo contatto delle sue dita, delle sue mani... quelle mani che hanno ucciso, che hanno sparato con pistole d'oro, pistole di rame, pistole d'argento un milione di volte, le sue mani che hanno strangolato, pugnalato e ora si sentono morbide, ferme tra le mie .

Ondina e Drider ci guardano, in questo momento c'è una rivalità tra noi che sembra simile all'eterna competizione che c'è sempre stata tra SyanL e Toot.

Joshua è rimasto in silenzio, immagino stia studiando la situazione. Silfide non sapeva nemmeno che ci fossimo fermati e ormai doveva essere nella stanza.

"Sei fortunato", risponde Drider.

"E non puoi nemmeno immaginare come," sembra che Estirge neanche abbia intenzione di porre fine a questa discussione.

"Basta," Joshua parla, infine, "Estirge e Drider, voglio vedervi nella mia stanza. Ora," il suo tono di leader, intacca anche in due voraci assassini a sangue freddo come loro. Joshua cammina e Drider lo segue, seccato di dover obbedire agli ordini in un momento così intenso e personale. Estirge mi stringe la mano e mi guarda calorosamente prima di seguire Joshua. Le mie viscere fanno male a vederlo allontanarsi. Quando senti il pericolo sul collo, baciandoti la nuca, il freddo respiro della paura al tramonto, qualcosa che serve è la vicinanza della persona più importante della tua vita. Mi incammino verso la stanza quando ricordo che non sono sola, Ondina mi tiene il braccio.

"Ho bisogno di parlare con voi."

Non in nessuna delle stanze. Quindi suppongo che questa conversazione debba essere privata. Percorriamo pochi metri fino a raggiungere una camera lussuosa e cristallina, come il resto dell'hotel. Sembra una sala di riunioni. Ci sono poltrone nere che circondano una sala e al di là di essa un tavolo di vetro blu. Nelle ampie finestre puoi vedere Toot di notte. Le luci degli edifici hanno una simmetria quasi impossibile, lungo il paesaggio urbano si formano linee tra gli edifici, ma un silenzio inquietante li circonda. Toot dorme completamente, i lavoratori della città non stanno mai alzati fino a tardi, perché vivono secondo un sistema che dice loro di dormire otto ore la notte senza interruzioni e mezz'ora il pomeriggio per recuperare le forze. È importante per il governo di Lola Teheran che i suoi cittadini lavorino dopo aver riposato abbastanza. Ed è così che Toot' La visione notturna lo proietta: silenzioso e pacifico. Ondina chiude la porta alle sue spalle e si siede con nonchalance su una delle poltrone nere. Faccio lo stesso in una poltrona attigua ma evito il suo sguardo, scruto le pareti e le finestre.

"Bene?" dico, ora guardando il mio Nexus, minimizzando quel momento imbarazzante.

"So cosa vuoi fare", dice, "vuoi che qualcuno prende cura di Estirge, so che vuoi proteggerlo, ho sentito la tua conversazione con Satiro sull'aereo", confessa. Sorrido ironicamente.

"Passi tutta la vita ascoltando i conversazioni degli altri?" Rido crudelmente, "il miei, soprattutto!"

"Faccio attenzione a ciò che mi sta a cuore", continua con la stessa serietà, il suo viso è maltrattato, l'acne invade di nuovo la sua pelle e la cicatrice sulla sua guancia ha assunto un aspetto cinereo, "ed Estirge conta molto per me," dice , "Ho sempre amato lui".

Un'amara sensazione mi pesa sullo stomaco, è difficile ignorare questa gelosia e questa voglia di sparire da qui.

"Grazie per l'interessamento" rispondo alzandomi "ma non ne abbiamo bisogno", sottolineo il plurale per chiarire, per far capire che il amore che conta è il nostro, quello di Estirge e il mio, di nessun altro.

"E dimmi allora, come pensi di salvarlo? Come pensi di evitare che gli accada una tragedia? Non hai mai potuto farlo prima con altre persone", dice, toccando una fibra del mio passato molto intenso, che preferisco ignorare, "Ti ricordo anche che questa è stata la tua causa, è stata la morte dell'Esecutore testamentario che mettici in questa situazione", afferma, aprendo le braccia, come a voler abbracciare tutto Toot.

"Non è vero, è stato un caso. Delonge stesso ci ha detto che il governo di SyanL ha seguito le nostre tracce per anni", rispondo. Ondina ride fragorosamente, il suono della sua finta risata affamata di attenzioni mi scorre nel sangue.

"Sei davvero ingenua... con quel cervello minuscolo hai intenzione di salvare Jimmy?" Lei dice.

"Non chiamarlo con il suo vero nome."

"Lo chiamo nel modo in cui voglio farlo! Non sei la suo fottuta proprietaria, maledetti!" esclama sputando qualche goccia di saliva che mi cade sul braccio. Ho bisogno della mia più grande riserva di pazienza per restare qui, trattenendola, "Sono già stanco di questa segretezza, ho finito con gli incontri privati, a cosa servono comunque?"

"Non ho idea di cosa tu stia parlando," dico ed è vero, non so cosa voglia dire, forse è già impazzita. Fa un respiro profondo, come se cercasse di essere imperturbabile.

«Be', avevo bisogno di parlarti perché non voglio nemmeno che succeda qualcosa a Estirge. Ci tengo come te e anche quando so che forse non gliene frega niente, perché non sono la ragazza che vuole, né ci piace la stessa musica e non leggo come te o lui . Lo capisco, capisco i motivi per cui preferisce stare con te," continua a braccia incrociate e non osa nemmeno guardarmi mentre dice tutto questo. So che la realtà è che lei non capisce niente. Niente di niente: Estirge ed io abbiamo una storia, piena di tutta la gamma di toni emotivi che possono esistere e che lei non capirà mai. Forse perché non l'ha mai vissuta.

"Dove vuoi andare con tutto questo?" finalmente dico.

"Se vuoi proteggere Estirge, posso aiutarti, posso fare ciò che Satiro non voleva fare."

"Come?" Non nego che mi porti curiosità e che per evitare che accada qualcosa di terribile a Estirge, sono in grado di allearmi con la persona più oscura di qualsiasi nazione.

"Lo terrò d'occhio, è quello che posso fare, seguire le sue orme durante il momento divertente in cui andiamo al gala. Non gli succederà niente, hai la mia parola", promette, "e se vedi la necessità di aver bisogno del mio aiuto, fammi sapere, farò tutto il necessario per proteggerlo".

So che le importa di lui. L'ho sempre saputo, so che deve affrontarlo ogni giorno. Con il fatto di vivere sapendo che lui non sente lo stesso.

"Perché stai facendo questo, Ondina?" Insisto, aspettando che lei dica che il motivo è un altro.

"Tu... sei tutto per lui soltanto per essere tu...Io non. L'unica scelta che ho per essere rilevante per lui è salvargli la vita".

Riesco a distinguere le cinque del mattino sul mio Nexus quando sento la porta della camera da letto chiudersi lentamente, allungo la mano e prendo la pistola d'oro dal comodino, con un rapido movimento mi butto a terra e indico la porta.

"Sono io", dice la voce di Silfide. Sbatto le palpebre più volte e poi posso vedere la sua silhouette. Dopo aver acceso la luce e la vedo chiaramente. Indossa pantaloncini bianchi e una maglietta senza maniche per dormire. Si avvicina, lasciandosi cadere sul mio letto mentre rimango sul pavimento della stanza, nella stessa posizione difensiva, impugnando la mia arma.

"E' orribile," dice, non so cosa voglia dire, in questo momento tutto potrebbe essere.

"Dove eravate?" chiedo, rimettendo la pistola d'oro sul tavolo.

"Sono stata con Satiro", affonda la sua faccia nel cuscino e la massa di lunghi capelli rossi è in disordine.

«Non è andato con Dora?

"Sì, ma la balena sta dormendo", mi guarda. I suoi occhi non riflettono la felicità di qualcuno che è stato con la persona che ama.

"Stai bene?" Insisto.

"No, ma non si tratta di sapere se sto bene, vero?" lei sbotta.

"Perché non dovrei esserlo?" dico incrociando le braccia.

"C'è qualcosa che vuoi dirmi?

"No."

"Sei sicura?"

"Non so di cosa stai parlando", dico, guardo il mio Nexus e vado online, per abitudine. Non c'è niente di nuovo su nessuna piattaforma.

"Va bene"

"Cerchiamo sempre qualcosa di strano in ogni situazione, in ogni momento... è molto SyanL" rispondo, appoggiandomi allo schienale, "ma sì, è successo qualcosa", alla fine mi arrendo, "riguarda lui".

"Riguardo a Estige?" Silfide sorride, i suoi capelli ricci incorniciano il suo viso a forma di cuore. Non posso fare a meno di sorridere anche io al ricordo, e se dobbiamo morire domani, ci meritiamo un po' di sana frivolezza.

"Sì," dico, dubito che dovrei parlarne, perché non ne ho discusso con lui, ma vedo l'espressione della mia amica e posso dire che ha voglia di dimenticare per un momento Satiro, quindi sorrido e le dico. Le parole escono dalla mia bocca e sembra che rivivo tutto. Rivivo il suo viso vicino, il suo viso caldo, la sua bocca aromatizzata con uva e mela, come una goccia di Joan Megghia, il whisky più rappresentativo di SyanL.

Improvvisamente ricordo il sogno che stavo facendo prima che Sílfide mi svegliasse: le strane immagini mescolate al ricordo di ciò che le sto raccontando, vedo avvicinarsi sia il viso di Estirge che le sue labbra, ma anche le immagini di un viale, un luogo completamente solitario e lunghi... mi attraversano la testa. Mi sono persa nel buio della città, attraversando la strada, camminando vicina alle macchine, inseguita da qualcuno che non conosco, senza alcuna arma che potesse fornirmi protezione. Questo l'ho già vissuto, quel sogno di stanotte che ora mi riempie la testa, spingendo il ricordo dei baci di Estirge, l'ho incarnato una o più volte. Non sono sicura ora.

"Gorgona?" La voce di Silfide mi riporta alla realtà così all'improvviso che mi vengono le vertigini quando i miei occhi ricadono sul lenzuolo bianco. Non avevo guardato da nessun'altra parte, era la mia mente che era assente.

"Sì, scusa, mi sono persa", dico, cercando di sembrare disinvolta.

"Non importa, capisco cosa significa per te, cosa ha significato dal momento in cui è entrato nella tua vita. Immagino che tu debba provare uno shock di emozioni, giusto?" lei mi guarda, triste, "per sapere che è ora, proprio ora che finalmente…" Si ferma, sa che dovrebbe smettere e va bene. Neanche io voglio sentire il possibile finale di quella frase. Sono spaventata. Ho paura per colpa sua. Di lui.

"Sono nata con tutta la violenza del mondo che mi circonda e che mi torna capace del meglio e del peggio, quello che mi pesa è che entrambi sono racchiusi in questo lasso di tempo così breve, che la vita li ha messi così," mi scappa una risata incredula, e so che non c'è più niente da aggiungere.

Joshua ha bisogno di tre cucchiaini di zucchero nel suo caffè. Prima ci mette sopra uno, lo scioglie e poi lecca la punta del cucchiaio, poi prende altro zucchero e ripete l'operazione, lo fa con pazienza ed eleganza, trasforma il fatto di bere il caffè in un rito completo, quasi come proprio come in ciò che il whisky si riferisce a qualsiasi bar in SyanL. Lo guardo dall'ingresso del ristorante dell'hotel. Sono le 7:20 del mattino e fuori il cielo di Toot è grigio, le gocce della pioggia fitta che è comune solo in questo periodo dell'anno, scivolano velocemente, non colpiscono dolcemente il vetro, anzi, corrono, come somigliare allo stesso problema che proviamo.

Joshua è l'unico nel ristorante dell'hotel, legge il giornale e il suo abbigliamento sportivo come se si fosse appena allenato dà l'impressione di un calore che mi fa pensare a casa, nella voglia di dimenticare tutto, non mi riferisco solo a questi giorni, ma a tutto ciò che è stata la mia vita.

Per un momento immagino che la mia falsa identità sia reale: che sono nata a LaGem e che sono una studentessa, che la mia unica preoccupazione futura sarebbe quella di trovare un lavoro, ma no, no, no, all'istante un senso di colpa mi attraversa testa, no. Questa è la mia vita, il mio destino, non mi lamenterò mai di essere nata in SyanL, è il mio Paese e ne vado fiera, nonostante la sua criminalità, le sue depressioni economiche, i suoi disastri naturali, i suoi governanti inetti e la violenza di cui ne faccio anche parte. Sono nata a SyanL, la nazione più caotica del pianeta, molti direbbero che è il posto peggiore in cui nascere. E probabilmente morirò a Toot, che molti direbbero essere il posto migliore per morire.

Un settore di Toot ha circa duecento case di riposo dove gli anziani di qui e di altre nazioni vengono a vivere i loro ultimi giorni, lontano dal trambusto. Nonostante abbia la reputazione di essere un resort invidiabile, pieno di pace e spiritualità, non c'è una sola persona di SyanL. Muoiono in casa, vengono sepolti nella stessa cripta del resto della loro famiglia, oppure vengono cremati e posti nella stessa nicchia dei genitori e dei nonni. Agli anziani SyanL piace morire nelle loro case o nei loro luoghi di lavoro, non salutano la loro terra per andare a morire in un paradiso artificiale.

Joshua mi vede e alza la mano, chiedendomi di avvicinarmi. Nel ristorante si sente un soft jazz che in qualche modo suona mattutino. Su un lato del ristorante c'è un bancone alto con un'ampia varietà di frutti di bosco, spunta la guava rosa, tipica della regione del Toot. Io non ho fame. Quando mi siedo di fronte a Joshua, il cameriere mi riempie immediatamente la tazza di caffè caldo, Joshua lo ringrazia con un sorriso e se ne va.

"È andato tutto bene", mi annuncia, i suoi capelli castani anche a quest'ora del mattino sembrano perfetti, "la nipote di

Ramón ha morso e ha anche masticato l'uncino a suo piacimento, infatti non vuole mollarlo per un minuto," spiega, facendo una smorfia disgustata, "Satiro ha fegato e stomaco," dice, annuisco con un leggero sorriso, non ho voglia di parlare, è in qualche modo fastidioso, ridevo regolarmente e mi ravvivavo la conversazione con più insulti su Dora Tarín, ma ora penso che ci sia abbastanza veleno nel nostro gruppo per intensificarlo ulteriormente. Joshua lo nota.

"Beh, oggi andremo al Gala, questo è un dato di fatto. Ci incontreremo più tardi per delineare il piano e dare gli ultimi ritocchi," beve un po' del liquido fumante e scuro. Joshua è molto attraente, proprio come gli altri. Penso che dei quattro, Estirge sia forse il meno appariscente, non perché non ne sia degno, ma perché Satiro, Drider e Joshua sono troppo attraenti. Vorrei che Ondina si innamorasse di uno di loro.

"Comunque," continua Joshua, "dovevo prima parlarti," sono sorpresa dalla freddezza con cui il suo viso angelico si indurisce all'improvviso.

"Sono qui."

"Questo piano è spontaneo e difficile, Gorgona, quindi non possiamo permetterci di andare in giro con risse scolastiche e cose infantili che non sono affatto tipiche di persone come te".

"Cosa intendi con 'persone come te'?" Chiedo, anche se posso indovinare cosa intende.

"Assassini, teppisti, criminali", dice, sorseggiando il suo caffè. C'è qualche accusa nella sua voce, è la seconda conversazione che ho con lui in privato, ricordo che la prima volta era più gentile, ma si può davvero biasimare? La sua vita è in pericolo come la nostra e non dovrebbe nemmeno essere qui.

"Posso farti una domanda?" Guardo direttamente nei suoi limpidi occhi color miele, lui alza le sopracciglia, aspettando che la mia domanda esca all'improvviso.

"Chi sei? Cosa stai facendo? Perché sei qui?" Dico, Joshua mi sorride.

"Erano tre domande, tesoro", il suo tono di rimprovero mi ricorda qualcuno, nonostante abbia addolcito la sua risposta con il tenero complimento.

"Lo so, ma significano la stessa cosa," insisto, "perché diavolo sei in missione, combatti per qualcosa che non importa per te? Rischiare la vita con sei sconosciuti con cui hai pochi giorni di incontro?

"Non sono qui per divertirmi", dice sorridendo. Il suo sorriso mi sciocca per qualche motivo.

"Beh, cazzo Delonge!" E Reneé!, fanculo quel presidente di plastica e quella puttana arrogante!" dico, cercando di mantenere il volume della mia voce basso.

"Hai colpito nel segno, è per lei che sono qui, mi ha chiesto di essere quella puttana arrogante."

"E tu sei il suo cagnolino o il suo amante?" Incrocio le braccia e lui si alza, pronto a partire. Si avvicina, mi mette i capelli dietro l'orecchio e senza togliere quel sorriso cinico se ne va.

Non sono soltanto io. Vedo il mondo intorno e lo percepisco male. Nessuna speranza, nessun posto dove scappare e nascondersi. Toot è sempre stata una città fredda, tutto il pianeta lo sa, anche la somiglianza degli edifici è inquietante, dritta e impassibile.

Dentro di me, rabbrividisco al pensiero che Toot avrà un effetto domino, una volta che avremo abbattuto Lola, questi edifici perfetti e il loro intero sistema cadranno uno per uno. Vedo il mio riflesso nel vetro della finestra della mia camera da letto. Il vestito lungo verde è troppo teso sul mio corpo ma non è un grosso problema, visto che ho eseguito missioni con abiti ancora più scomodi, anche se mai così complicati. I miei capelli cadono in una cascata di castagne ai lati del viso, non so se questo outfit sia abbastanza discreto, ma sono le istruzioni di Joshua e il vestito viene spedito direttamente da lui, così come i vestiti dal resto di noi. Il mio collo non è nudo, indosso il mio appeso con il serpente.

Sospiro, una luna rotonda gialla fluttua su questa città senz'anima, e ho la sensazione che questo cielo sia l'immagine più bella che vedrò stasera. Sarà questa l'ultima luna della mia vita? Probabilmente non sarò qui domani per vederne un altro.

"Posso?" La voce di Estirge mi fa voltare quando lo vedo entrare nella stanza. Non posso fare a meno di sorridere nel vederlo così, in perfetto smoking nero, senza una macchia, senza una sola ruga. Internamente prego che per tutta la notte i suoi vestiti continuino gli stessi, senza alcuna macchia, senza che nulla indichi che sia stato ferito. Odio quell'immagine e la cancello dalla mia testa non appena arriva. Una paura bloccata in gola mi impedisce per un momento di respirare, ma lui allunga una mano e mi prende la mano. Non c'è paura nel suo sguardo, ma una specie di nostalgia, mi tiene per mano e con l'altro braccio mi circonda la vita, avvicinandomi a lui.

"Sei un modo bellissimo per mostrare quanto è brutto il mondo in cui viviamo", dice e sorride.

"Non sono sicura che sia un complimento" rispondo; ride e il suono di quella risata, quasi vuota e profonda mi fa dimenticare tutta l'angoscia contenuta. Quando quel suono si interrompe e tutto ciò che resta sono i suoi occhi, a pochi centimetri dalla mia faccia, penso a quanto sia ingiusto. SyanL è pieno di politici corrotti, rapitori, persone cattive e nonostante questo siamo noi, sei giovani, ad avere un destino segnato. So che è qualcosa che abbiamo scelto, sapendo che un giorno sarebbe successo. Non avevo niente da perdere in quegli anni, perché avevo già perso la cosa più importante, finché non l'ho incontrato.

"Jimmy," gli dico, usando il suo vero nome, mi viene da piangere, ma arrivare come una donna in lutto al galà di

Ramón de Barbé non è la cosa migliore da fare. Ma baciarlo, che posso fare ed è quello che cerco. Gli prendo la testa e lo avvicino a me, così veloce che al movimento il suo naso colpisce il mio e mi fa male, anche se solo per un secondo, poi è come se mi tuffassi nella sua bocca, è come se il resto il mio corpo se n'è andato, non sento altro che la morbidezza delle sue labbra e le carezze dei suoi denti, mi piace sapere che questo bacio suggella tutto, la vita, la morte, la luna di Toot, il whisky di SyanL, i ricordi che ciondolano dietro la mia testa, cos'è succedendo, tutte le cose che cambieranno, il luogo che non possiamo riscattare, di cui non possiamo vendicarci. Gli passo le mani sul viso ed è caldo e morbido. Se fossi Medusa, se davvero avessi dei serpenti in testa, lo abbraccerei con loro, proteggendolo; Lo guardavo e lo trasformavo in pietra, per rimanere così per l'eternità.

I colpi alla porta ci separano. Ondina e Silfide entrano nella stanza. Il vestito della prima è viola pallido, la stoffa sembra abbastanza ruvida e non capisco. Joshua dovrebbe aver scelto l'intero guardaroba, non capisco perché le abbia scelto un vestito così brutto. Ondina lo sa, sembra sconvolta e anche se non ha mai avuto un buon gusto, quel colore pallido la fa sembrare malata.

Sílfide è una situazione diversa: il suo vestito è corto e carino, arriva al ginocchio, ma il tessuto di questo fa risaltare le sue gambe bianche e snelle, il resto del capo aderisce alla sua vita e poi capisco l'idea di Joshua: non vuole che sembriamo uguali, non vuole che ci associamo, ecco perché gli stili di abbigliamento sono così diversi, mi stupisce il modo in cui lavora nei minimi dettagli e questo dà una certa sicurezza , che un piano così ben disegnato, anche se spontaneo, non può andare storto.

"A che ora Joshua ha detto che dovremmo essere pronti?" chiede Ondina, cercando di sentirsi a suo agio con il suo vestito, ma non ci riesce e ha ragione, perché è terribile.

"Alle nove," ne approfitto per controllare il mio Nexus ed Estirge liscia le maniche della tuta che si è stropicciata quando mi ha abbracciato un momento fa.

"Non dobbiamo aspettare gli altri?" chiede Silfide, controllandosi le labbra, usando il vetro della finestra come uno specchio. Estirge risponde concentrato e sicuro di sé come sempre.

"No, Joshua e Drider stanno rivedendo gli ultimi dettagli del piano, che abbiamo già rivisto fino alla nausea: Joshua, Drider, Satiro e io saliremo al secondo piano con il tuo aiuto, Silfide", annuisce, alzando gli occhi al cielo , seccato di sentire più e più volte la stessa istruzione "e sarai lasciato al posto della sfortunata guardia che fino a quel momento era stata di guardia alla scala. Come sapete, il balcone del secondo piano sarà il luogo in cui Lola pronuncerà il suo discorso, poiché ogni volta che calpesterà un evento di qualsiasi tipo, sarà accompagnata solo da Alex Zendejas, che è una figura importante nell'incontro, Luis Romano, il suo capo della sicurezza. e guardia personale, e ovviamente Ramón, ospite dell'evento. Ondina e Gorgona restano al primo piano per eventualità, una volta conclusa la faccenda,

"Solo una cosa," Silfide lo guarda come se fosse lui il colpevole di tutte le sue disgrazie, "dov'è Satiro? " lei chiede. Estirge, Ondina e io ci scambiammo un'occhiata. Conosciamo la risposta e anche lei stessa la sa, ma per qualche motivo contorto vuole ascoltarla ad alta voce. Estirge, nonostante sia l'assassino a sangue freddo che è, è nobile con coloro che ama ed esita a dire una parola. Ondina, invece, anticipa:

"Lui è con lei, Silfide, questa volta devi soffrire, è così che succede, non siamo sempre con chi vogliamo essere", dice. Mi dà fastidio sapere che con le sue parole si riferisce a se stessa che vuole essere con Estirge, ma questa è una cosa che ora posso ignorare senza alcun problema, poiché la missione che ci ha portato qui è sempre più vicina e non devo lasciare che nulla mi distragga, non sono sicura che Silfide stia seguendo la stessa filosofia e quello che dice di seguito lo conferma:

"La ucciderò." Il suo sguardo, lungi dall'essere vuoto, si riempie di una specie di risentimento che sono sicura che tutti abbiamo riflettuto prima o poi. So cosa intende, so chi intende, lo sappiamo noi tre e anche così, Estirge, fedele alla sua personalità di vedere un briciolo di bontà in tutti, chiede:

“Di chi stai parlando, su Lola?

“No”, risponde la mia migliore amica piena di rabbia, gesto che la fa sembrare ancora più attraente, “parlo di Dora, la puttana che ha osato toccare il mio uomo…” e dopo aver detto questo sorride e lascia la stanza. Sono le nove in punto.

"Sei pazza?" Ondina sembra più nervosa che mai, tirando Silfide per un braccio mentre camminiamo lungo il corridoio. "Abbiamo una missione, che vi ricordo non è per piacere, né per soldi, siamo venuti qui per uccidere Lola, il presidente", dice, assicurandosi di abbassare la voce "quella è stata la trattativa con Delonge in cambio di le nostre vite, non ti ricordi?" lei insiste e anche se non posso sostenerla, ha ragione.Estirge mi guarda a disagio, non sa nemmeno cosa fare con Silfide .Quando siamo saliti in ascensore, abbiamo fortunatamente trovato Joshua e Drider.

"Ah, appena in tempo" dice Ondina con uno sguardo di sollievo. Nell'ascensore ci sono solo i nostri colleghi. Non appena la porta dell'ascensore si chiude, Ondina parla:

"Abbiamo una situazione qui", va a Joshua, che la guarda come se avesse visto una suocera arrabbiata e sconvolta. Continua Ondina: "Silfide ha deciso che è più importante uccidere Dora Tarin, per gelosia, ovviamente, piuttosto che usare quell'energia con Lola Teheran!" Lo sguardo di Joshua ora si posa su Silfide che rimane impassibile poiché ha già preso la decisione.

"È vero?" Le chiede senza batter ciglio. Sílfide stringe le labbra rosa e annuisce, incrocia le braccia, come se lo sfidasse.

"Molto bene", continua Joshua, tirando fuori il suo Nexus, "sei fuori missione".

"Che cosa?"

"No", dice Estirge, "non puoi lasciarla fuori, abbiamo un piano in cui siamo tutti coinvolti, è troppo tardi per cambiarlo, Joshua, capisci cosa intendo", guardo Estirge, con un certo smarrimento , ma non ho tempo per chiedere nulla.

"Non posso rischiare il piano se un problema emotivo interferisce", dice, ci guardiamo tutti, è assurdo, ci sono migliaia di problemi di questo tipo tra di noi.

"Non andrò da nessuna parte," dice Silfide all'improvviso, stiamo per raggiungere il piano terra dell'hotel, "ucciderò quella puttana e né tu, Joshua, né nessuno di voi mi fermerete, ci conosciamo da molti anni e voi tutti fareste lo stesso, fareste lo stesso se foste al mio posto", i suoi occhi sprigionano scintille e in essi inizia a formarsi un sottile strato di lacrime, andiamo al terzo piano.

"No, è una bugia, ho sentito tutto quello che stai vivendo adesso," esordisce Drider, lo guardo, ha un gesto maturo e onesto, "per molto tempo e la persona che mi ostacola è ancora viva, " lui segue.

Sento il mio cuore battere forte, i suoi occhi si posano su Estirge, che sostiene il suo sguardo.

"In effetti quella persona ora sta respirando la stessa aria", inspira Drider come se stesse annusando un whisky appena preso dalla botte. Mi fa pensare per un momento a mio nonno.

L'ascensore si ferma e la porta si apre, l'immagine di Dora che bacia Satiro è la prima cosa che appare davanti ai nostri occhi. Silfide prende la mano di Estirge per continuare la farsa delle coppie che abbiamo formato. Sento la mano di Joshua sulla mia vita. Niente si può fare o cambiare, è troppo tardi, non so a che ora della notte, ma morirà anche Dora. Drider e Ondina si tengono per mano, li vedo con la coda dell'occhio e si guardano, vedo solidarietà nel loro gesto e questo mi preoccupa.

La limousine è spaziosa e sebbene i suoi interni siano traboccanti di lusso, puoi sentire quella freddezza, quel senso quadrato che circonda tutto a Toot. Ha il tipo di eleganza che avrebbe un carro funebre.

"Abbiamo una notizia per voi," dice Dora all'improvviso, le sue mani dalle unghie dorate si intrecciano con quelle di Satiro.

"Oh, no amore mio, penso che sarebbe meglio lasciar perdere fino a notte fonda" osserva, guardandola con dolcezza.

"Che notizie?" chiede Silfide, la capisco, capisco la sua gelosia, il suo mal di pancia, la sua voglia di piangere, la sua voglia di battere la testa fino a perdere i sensi e dimenticare queste immagini, la sua voglia di odiare, di insultare, di distruggere. L'ho sentito.

"Jair andrà a vivere con me!" esclama e lo bacia. Sebbene Silfide sappia che questo fa parte della farsa per convincere Dora a invitarci a questa festa, la sua gelosia si percepisce nell'atmosfera.

"Congratulazioni!" Joshua dice, mi mette una mano sulla gamba, "mille volte abbiamo pensato di fare quel passo, giusto?" Mi guarda, cercando di distrarre Silfide, deviando la conversazione scomoda e va bene. Il che non va affatto bene, sono gli occhi di Estirge che scrutano la mano di Joshua che accarezza la mia coscia nuda.

"Sì, certo, molte volte," rispondo e gli prendo la mano, evitando così il suo contatto diretto con la mia pelle. Gli occhi di Estirge non sembrano soddisfatti, ma io sono nervoso e non ho voglia di affrontare quella sensazione. Non adesso. Guardo Ondina, ha gli occhi fissi sul paesaggio di Toot. Ricordo che di tutte le occasioni in cui l'ho vista avvicinarsi a Estirge, quando l'ho vista abbracciarlo o accennare a un'intimità che esiste solo nella sua testa, lui non ha mosso un dito perché non sentissi quella rabbia. Il pensiero mi colpisce come una doccia fredda a dicembre e non capisco perché ora devo preoccuparmi dei sentimenti di Estirge quando, in momenti simili, non gli importava mai dei miei. Sento la scarica di adrenalina dentro di me, chiudo gli occhi e un mal di testa palpitante inizia a martellarmi nella parte posteriore del cranio.

L'atmosfera è molto pesante, sembra che all'improvviso avessimo finito l'ossigeno, come se non volessimo più esistere. Abbiamo tutti quello sguardo vuoto, vuoto, l'unica che non ce l'ha, è Dora, potrebbe essere che sia il preludio di una morte certa? Guardo il viso di Estirge e mi concentro sulle sue labbra, sembrano sempre pronte a qualcosa: parlare, baciare, sorridere, imprecare. Chiudo di nuovo gli occhi e provo a rivedere la posizione della mia arma nella mia testa. Drider ha installato nel nostro Nexus una guida alla posizione di ciascuno dei nostri fucili d'oro all'interno del Gala, il mio è nella sala riunioni di Ramón, dove il tracciamento del mio Nexus mi guiderà senza alcun errore.

"Siamo qui!" La voce roca e festosa di Dora volge automaticamente la testa verso l'elegante edificio davanti al quale si ferma la limousine. A prima vista sembra una casa del governo, di marmo fine e pulito, forse portato da LaGem. Ha un ampio e maestoso arco nel cancello d'ingresso e la porta in mogano scuro quasi nero crea un contrasto maestoso e netto, è come se Ramón volesse chiarire a Toot che dovrebbe essere il loro sovrano e non Lola. Non so come il Presidente prenda il fatto che le proprietà di Ramón siano probabilmente più numerose delle sue stesse.

Prendo il braccio di Joshua e studio i dintorni. La zona è deserta, fatta eccezione per le auto di lusso che continuano ad arrivare. Vedo una decina di auto dell'ufficiale di polizia di Toot e dei tenenti delle forze di terra agli angoli vicini. Prima di avvicinarci all'ingresso, fermo Joshua e lo guardo dritto davanti a sé, lui volta le spalle alla magione e io gli prendo il viso amorevolmente, è più alto di me, quindi il gesto mi aiuta ad osservare il tetto del locale senza sembrare sospettosa, è deserta, sommersa nella notte.

"Molto intelligente," dice, accarezzandomi la guancia. Sorrido e guardo in basso come arrossendo, avvicino le mie labbra alle sue e mormoro:

"Sembra tutto ok," poi lo bacio dolcemente. Non so se Estirge ci vede, ma sta a lui capire che è per la sicurezza di tutti noi, oltre che per l'efficacia di questo piano.

Ai lati del maestoso portone di mogano ci sono dieci ufficiali, indossano abiti neri, sembrano ospiti, ma non lo sono. In Toot hanno copiato quella tendenza da SyanL. Negli eventi mondani non sono ammesse divise nelle guardie speciali, in quanto interferiscono con l'eleganza prevista. È stupido e molto poco pratico, ma anche così è una cosa che è consuetudine fare nel mio paese.

Avvicinandoci all'ingresso, vedo come Dora si prenda cura di salutare tutti coloro che la riconoscono, ci sono telecamere e unità fotografiche ovunque; la stampa è invitata solo ad assistere all'arrivo dei presenti al Gala, ma non possono entrare. Dora ne approfitta e posa per ogni telecamera, lo fa con Satiro al suo fianco.

"Chi è il signore, signorina Tarin?" Grida un giornalista che indossa un elegante smoking, poiché la regola dell'eleganza vale anche per i media.

"Il mio fidanzato!" Lei risponde, ma non si ferma. Non so in quale momento la nipote di Ramón de Barbe diede per scontato che lei e Sátiro fossero fidanzati. Mentre avanziamo, un nodo nervoso mi pesa sul petto, ma lo trattengo con ampi sorrisi e battute sciocche come farebbe qualsiasi sciocca ereditiera al mio posto.

Quando arriviamo alla parte dove stanno le guardie con gli scanntube per controllare l'assenza di armi o esplosivi sugli ospiti, inizio ad avere un brutto presentimento.

Dora consegna il suo invito.

"Sono tutti con te stasera, signorina Tarin?" chiede uno di loro, controllando l'invito.

"Sì, c'è un problema?" Lei risponde, con la stessa voce arrogante che abbiamo sentito alla reception dell'hotel.

"Niente affatto," risponde sorridendo.

"Perfetto," la voce di Dora si addolcisce.

"Mi serviranno solo i loro documenti", spiega con un sorriso amichevole.

"Che cosa?" Dora chiede, alzando la voce, stupita: "ma secondo voi cosa sono i miei amici e il mio fidanzato?" osserva: "Criminali? assassini? Non era chiaro che sono con me?"

"Signorina, la prego, è per motivi di sicurezza."

"Nessun problema, amore mio", esordisce Satiro, per non destare sospetti nelle guardie.

"Certo che c'è un problema!" Dice che sarebbe preferibile che non ci chiedessero nulla, ma non ci farebbe comodo uno scandalo, né attirare l'attenzione dei responsabili. Per fortuna, uno dei nostri obiettivi per la notte è proprio chi appare in quel momento. Tra una folla di guardie del corpo, vestito di un bianco eccezionale, arriva Alex Zendejas, che indossa anche lui un abito color perla, ma molto elegante, come se stesse andando a una cerimonia davanti al mare de La Costa.

"Ma è Dora Tarín in persona!" esclama avvicinandosi a Dora a braccia aperte.

"Non posso credere agli anni che sono passati senza vederti!" Lei risponde, dimenticandosi delle guardie e fondendosi in un abbraccio con il nuovo arrivato. Per la prima volta in tutta la notte lascia andare la mano di Satiro. Non sembra che gli importi affatto, si asciuga discretamente il sudore dal palmo della mano nella tasca della tuta.

"Stai brillando, Alex!" Dice Dora ed è vero, devo ammetterlo, Alex Zendejas è per molti versi impressionante. Non è la sua altezza, né il suo bel viso, ma un'espressione di arroganza e ribellione allo stesso tempo.

"Non sono l'unico," risponde, mi rendo conto che il suo sguardo cade su Silfide, questa volta il gesto di Satiro si oscura.

"Oh, no, no, no," interviene Dora, tirando Silfide per mano, il viso della mia amica sembra indicare che per caso ha preso il corpo di un topo morto mentre cercava qualcosa nell'armadio, "Questa signora ha un compagno !" dice e poi la lascia andare come se fosse il suo animale domestico, spingendola verso Estirge. Silfide prende fiato con estrema pazienza.

"Ah, peccato!" Alex risponde, che cambia subito discorso, "a proposito, cosa ci fate qui alla porta? Perché non entri?" chiede guardandoci. I suoi occhi si soffermano su di me per un momento, "Sembri familiare, sono sicuro di averti già visto", dice. Il nodo nel mio petto diventa d'acciaio e la mia mente corre a quella registrazione dell'aeroporto. Alex Zendejas è un uomo d'affari molto importante in Toot, è sicuramente a conoscenza di quell'incidente. Provo a sorridere, Joshua mi lascia andare la mano, con discrezione, magari pronto a combattere se necessario, vedo che anche il resto dei miei compagni di squadra prende una posizione d'attacco semplice che passa inosservata.

"Me?" Il mio sorriso si spezza così come la mia voce, "Non credo, mi ricorderei di te", dico, cercando di esprimere tutto il flirt che i miei nervi mi permettono.

"Sono sicuro di conoscerti," insiste. "Non ci siamo ubriacati con whisky a buon mercato dalla costa alla festa di Patthy Luy l'estate scorsa?" chiede, socchiudendo gli occhi.

Riesco quasi a sentire un sospiro di sollievo dall'interno di tutti gli altri.

"Oh no!" Dora interviene, non le piace essere esclusa da ogni conversazione, questo è chiaro, "non può essere amica di Patthy!", dice ad Alex, "sai quanto sono selettivi i Luys alle loro feste" la stupida parla. Cosa dovrebbe significare quello?

"Perché siamo ancora qui al freddo quando potremmo essere dentro a bere un buon bicchiere di whisky?" dice Alex, la brezza notturna che gli scompiglia i capelli arruffati. Un dettaglio mi colpisce all'improvviso. Viene da solo, nessuna lo accompagna, nessuna si appende a quel braccio che sicuramente, sappiamo, può essere uno dei più desiderati in Toot, e forse anche in SyanL. Se c'è qualcosa per cui sono necessaria in questo gruppo è per l'estrema attenzione che dedico ai dettagli, siano essi minimi e impercettibili, non li lascio andare e in esso ne vedo due importanti: un anello sul dito angolare e un barlume di tristezza negli occhi color smeraldo. La mia mente analizza rapidamente le informazioni precedentemente studiate su Alex e come corrispondono ai dettagli osservati. La voce di Dora che spiega che le guardie ci hanno offeso chiedendo l'identificazione mi distrae.

"Lasciali entrare", dice Alex alla guardia principale.

"Sig. Zendejas, il protocollo…"

"Amico mio." Alex abbassa la voce, ma sento chiaramente quello che dice, "il protocollo è da stronzi", conclude, la guardia non dice nulla.

Il Gala è pieno di gente e l'orchestra suona in fondo al primo piano, spicca un pianista, la sua carnagione abbronzata come una noce, ed è il suo strumento che si sente di più. Nella stanza in cui siamo stati condotti, le persone camminano su e giù da un posto all'altro. Gli abiti, per lo più neri, sono indossati da donne alte, graziose e bionde, nessuna si fa notare, sembrano tutte bambole seriali, come se fossero pensate per essere qui. Lo stesso però non accade con il sesso maschile, visto che quasi tutti gli invitati sono uomini tra i cinquanta ei sessant'anni, tutti elegantemente vestiti, impeccabili nei modi e nei comportamenti, il contrasto con i ventenni che li accompagnano è estremo. Joshua, Estirge, Drider e Sátiro si distinguono per la loro giovinezza e mascolinità, ma nessuna delle donne sembra tenerne conto,

"Facciamo una foto!" suggerisce Ondina, che prepara il suo Nexus. Posiamo per la fotografia, ma sappiamo che sta facendo una rapida scansione dell'intera stanza, che verrà inviata immediatamente a Reneé. "Eccellente!" Dice, analizzando la foto.

"Ci vediamo più tardi", informa Alex Zendejas, "devo andare a salutare dei clienti", sorride educatamente e si allontana. Il senso di colpa mi colpisce. Quel giovane uomo d'affari, con un anello al dito e un'aria di nostalgia negli occhi, non vivrà oltre questa notte. Non mi piace questa sensazione; il senso di colpa porta sempre alla paura. Non conosco Alex, non l'ho mai visto in vita mia, non è un mio amico, non è nemmeno un cittadino di SyanL. Al contrario, è un figlio amato della nazione rivale. Non devo provare condiscendenza.

"Gorgona?" Drider si avvicina, interrompendo i miei pensieri. Mi guarda, c'è una profondità oscura nei suoi occhi. Ha sempre respirato quel tipo di oscurità, so che non è il vestito grigio che indossa, né i suoi capelli mossi, tenuti e ordinati. È qualcosa di più.

"Sì?" Rispondo, tornando un po' alla realtà. Questa formalità esagerata è dovuta a quel bacio imbarazzato di quella notte. Il resto dei miei compagni di classe si aggira per la stanza. Estirge e Silfide ballano al ritmo del pianoforte, mischiandosi al resto della gente.

"Vattene," dice, con gli occhi così minacciosi come se il nemico fossi sempre stato io. Tuttavia, so cosa intende, distolgo lo sguardo seccato.

"Ancora la stessa cosa?" Chiedo e cerco di scappare, mi prende il braccio ma nasconde molto bene la forza.

"Balliamo?" Mi chiede, senza aspettare risposta, mi prende per la vita. Non voglio, non mi piace l'atteggiamento che ha preso ultimamente, ma sono d'accordo: "Sì, lo stesso di nuovo, ed è la seconda volta che lo faccio, probabilmente è abbastanza", dice, rido di nascosto . Drider è sempre stato il massimo rappresentante delle ultime volte:

*"Questa è l'ultima volta che mi chiami nel cuore della notte per tirarti fuori da un pasticcio di sistema,*Aveva detto a Satiro.

"Mai più mi darai fastidio con sostanze così facili e ridicole, Ondina, se hai dei dubbi, chiama un altro idiota,"

"Questa è l'ultima volta che mi chiedi un favore"

"È l'ultima volta che calpesto il cimitero"

"Non lo chiederò mai più"

"Non capisco la tua risata", dice, "non ho detto qualcosa di divertente".

"Non è niente, sono nervosa."

"Beh, allora rilassati," mi chiede, sento il suo sguardo limpido che mi scruta, "e ascoltami: sai benissimo che puoi fidarti di me, pienamente e conosci benissimo il motivo" indica come se mi stesse rimproverando , questa sembra tutt'altro che una dichiarazione d'amore, la sua voce ha quel campanello di comando, di arroganza che ha sempre avuto: "Ti amo".

"Drider", rispondo, per qualche ragione, l'incavo del mio stomaco è tutt'altro che piacevole.

"Lasciamelo dire, almeno lasciamelo fare," mi supplica, con la coda dell'occhio, vedo Estirge che balla ancora con Silfide, "mancano solo pochi minuti per iniziare il piano, Lola dovrebbe essere qui presto, e Corina, tu sei l'amica più importante che ho, mi hai accusato di tradirti, di non proteggere il tuo Nexus"

"Scusa," mormoro, mi fa sentire in colpa, ma non guardo in basso.

"Anni fa, quando i miei genitori sono stati uccisi, mi hai visto scomparire dalla faccia della terra e non hai mosso un dito per localizzarmi, per un messaggio, una chiamata, una lettera. Tu non c'eri per me".

"Non è giusto," rispondo, anche se lui ha perfettamente ragione, ma mi dà fastidio sentirlo, fa male ricordare come hai fatto un errore.

"Cosa non è giusto? Voltarmi le spalle? Relegarmi?" Il suo sguardo cade su Estirge, che si rivolge anche a noi, entrambi si guardano e vorrei essere da qualche altra parte, lontano da qui.

"Drider, questo non è il momento giusto," gli dico, costringendolo a guardarmi.

"Non sappiamo se ci sarà più tempo. E non ascolti mai, non capisci che dovresti scappare da qui, scappare..."

"Non ho intenzione di scappare", rispondo, sembra essere rimasto senza parole. La gente comincia a percepire una certa emozione, Lola sta per arrivare.

"Sei l'unica persona a cui darei sempre un'altra opportunità," la voce di Drider è fredda, come sempre, "e quella possibilità ti sta chiedendo di andare ora, vai a salvarti la vita", lo guardo tristemente, "io so che non c'eri quando avevo bisogno di te, ma voglio che tu ci sia in futuro," il suo sguardo si limita un po' alla solita freddezza.

"Drider," dico, lasciando le sue mani a poco a poco, separandomi da lui, "anche se sopravvivo a tutto questo," guardo Estirge, lo vedo avvicinarsi a noi, solo, "anche se non muoio oggi," continuo e quello che sto per dire fa male, ma voglio essere onesta, "non sarò al tuo fianco in futuro," concludo e sento la mano di Estirge intrecciarsi alla mia, la mia voce trema e il senso di colpa comincia a divorarmi le viscere, "mi dispiace," riesco a dire con una voce sottile, cercando di evitare di piangere a livelli impossibili.

Estirge non dice nulla, mi tiene per mano, impassibile e comprensivo, lasciandomi scegliere. Sa che l'ho scelto io, che lo rifarei ancora e ancora, a prescindere da qualsiasi cosa.

"Capisco", dice Drider, "finalmente capisco", osserva, sta per allontanarsi quando il nostro Nexus vibra allo stesso tempo, è l'indicazione di Joshua, Lola sta per entrare.

Guardo i miei compagni. Ci poniamo nelle posizioni che Joshua ci ha indicato. La stanza abbassa le luci e ci lascia in un grigio tenue. Una luce blu punta alla porta, Ramón si avvicina al punto illuminato e il resto degli ospiti apre la strada, sembra una coreografia di prova meccanica, come tutto è in questo paese: meccanico, freddo, duro.

Le porte d'ingresso si aprono ed eccola lì: Lola Teheran, i suoi capelli platino incollati alla testa, brilla come se riflettesse la luna e non la luce che illumina la stanza. Tutti i presenti applaudono e lei li ringrazia con un sorriso. Ramón le si avvicina e l'abbraccia educatamente. Il corpo pesante di Lola indossa un lungo abito nero, con balze blu, colori Toot. Ramón preme un pulsante sul suo Nexus e parla attraverso di esso senza alzare il volume, la sua voce riempie lo spazio grazie al dispositivo.

"Amici e cittadini di Toot, la nostra efficiente nazione; con un piacere che mi supera, accolgo nel mio umile recinto la nostra Presidente, Dott.ssa Lola Teheran, che con la sua bella presenza nobilita questo galà organizzato dalla famiglia De Barbé" indica con il braccio le persone alla sua destra, famiglia, c'è Dora Tarín, questo è stato l'unico momento in cui si è staccata da Sátiro, "Presidente…" Ramón si rivolge a Lola, "è un onore e un piacere che siate qui con noi in questa cerimonia semplice e umile ."

"Ora si presenterà", mormora Joshua a Estirge. Ha ragione, Lola, quasi come uscita da un copione, fa il suo discorso di saluto.

"Cari cittadini," esordisce, la sua voce è aspra e roca, come il suo aspetto, "sono felice di essere qui, accompagnando Ramón e voi, i cittadini più laboriosi ed elevati del pianeta," sorride, "più tardi Ti informerò di alcune questioni importanti, per ora voglio solo ringraziare Ramón e la sua famiglia", dice, mentre nel locale scoppia un forte applauso. Vedo Estirge avvicinarsi a Joshua, borbottando qualcosa. Osservo Lola senza perdere i dettagli, accanto a lei c'è Luis Romano, vestito completamente di nero, non ha armi a vista, ma le deve portare da qualche parte nel suo completo. Anche Alex Zendejas si avvicina e bacia Lola, lei ricambia un bacio veloce sulle labbra e vedo come il Presidente bacia Ramón allo stesso modo. Al momento i quattro stanno insieme, ma ci sono molte persone che li circondano, dovremo seguire il piano e attenerci ad esso,

Satiro e Drider si avvicinano discretamente alle scale.

"Vieni," la voce di Estirge mi distrae dalla concentrazione. Sento la sua mano stringermi il braccio, ha freddo, deve essere nervoso quanto me.

"Dove?" Chiedo, i suoi occhi sono trasparenti nonostante il marrone scuro in essi, contrasto di città crepuscolare, come è SyanL. Mi sorride e mi fido di tutto ciò che fa. Mi prende per mano e camminiamo tra la gente, ma è come se tutti questi ospiti non esistessero. Il mio sguardo incontra quello di Silfide, che sorride anche lei lo stesso, con la fiducia di una vita, con l'amicizia eterna, pulita e pura di qualcuno che è come te, qualcuno che ha sbagliato come hai fatto tu, che ha ferito nel allo stesso modo e ti capisce. non voglio morire; Non voglio che nessuno muoia.

Estirge ed io percorremmo un lungo corridoio, con le scale che non si vedevano fino al secondo piano. Nella stanza di Gala ci sono scale che collegano al secondo piano e anche nel corridoio vicino all'ingresso, i miei amici saliranno quel corridoio quando sarà il momento giusto. Sotto le scale a cui ci avviciniamo in questa parte solitaria della casa c'è una stanzetta che funge da cantina, come ci ha spiegato Joshua. Quindi immagino: vuole stare con me da solo, come se fosse un addio, essere al mio fianco prima di affrontare il pericolo che ci attende a pochi minuti di distanza. Non ci penso più, lo abbraccio e finalmente lo bacio il più liberamente possibile. Sento il suo viso tra le mani e penso che senza dubbio questo sarebbe il momento migliore per lasciare il mondo. Si separa e vedo i suoi occhi a pochi millimetri di distanza, lo sento tremare ma non sono sicura di che

"Dai, abbiamo ancora qualche minuto", mi suggerisce e mi conduce alla porta del sottoscala, il cuore che mi batte forte.

"Come hai avuto la chiave?" glielo chiedo, lui sorride e mi strizza l'occhio.

"Ti dimentichi che posso fare tutto" dice, apre la porta ed entro.

Poi sento il rumore che mi fa capire all'istante. Mi giro quasi subito, ma è tardi: Estirge ha chiuso la porta alle mie spalle, non è entrato con me.

"Che cosa? Cosa stai facendo, Estirge?" domando, disperata, "No! Per favore! Apri la porta!" Ci provo, ma non riesco ad alzare la voce, non posso urlare rischiando di attirare l'attenzione di qualcuno, "apri la porta, Estirge!" Dico alla porta chiusa: "Non farlo!" Odio questa porta, questo legno duro come una bara, "Jimmy, per favore!", la paura mi invade, la paura di perderlo, la paura che ci ha sempre seguito, la paura di un ospedale, di un'impresa di pompe funebri, di un cimitero, una chiesa vuota, f chiamate a mezzanotte, di brutte notizie, tutto invade il mio corpo e attraverso le lacrime riesco solo a distinguere la porta: "Perché?" Chiedo infine, rinunciando, la mia voce è già rotta dal pianto, la sua invece è chiara e serena.

"Dire che ti amo è facile quando ne hai il diritto... non lo so adesso, non lo so, ma non posso perderti", dice. Sento i suoi passi allontanarsi, no, non voglio nemmeno che muoia, non posso permetterlo. Prendo il mio Nexus e compongo il numero di Joshua.

"Sì?" Risponde, provo un tremendo sollievo ascoltandolo, dietro distingue musica e altre voci.

"Joshua? Estirge mi ha rinchiuso, mi ha lasciato in cantina sotto le scale del corridoio nord, devi..."

"Mi dispiace, ma non", risponde.

"Che cosa? Devi aiutarmi! Portami fuori di qui! Sono parte del piano!"

"No Gorgona, non lo sei", rettifica e riattacca. Cosa voleva dire con ciò? Faccio il numero di Silfide ma non c'è risposta, voglio morire, non posso crederci. Il Nexus trema tra le mie dita. Drider, deve portarmi fuori di qui. Compongo e non c'è risposta, odio questo dispositivo. Satiro, dai... dai! Risposta! ... niente! Respiro profondamente, ho bisogno di calmarmi, stabilizzare le mie idee. Lei è la mia ultima speranza. Premo il suo nome sul mio Nexus.

"Sì?" dice, finalmente!

"Ondina? Ondina, portami fuori di qui, per favore portami fuori di qui!

"Dove sei?"

«Estirge mi ha rinchiuso nella cantina delle scale, per favore, mi devi aiutare.

"Calmati, quale scala?" dice, si sente ancora della musica, ma in quel momento smette di parlare riesco a percepire la voce amplificata di Ramón, il discorso di Lola sta per iniziare.

"Norte, nel corridoio nord, per favore aiutami."

"Ci vado," riattacca. Prego interiormente che sia vero, che abbia una piccola luce della nostra amicizia nel suo cuore e mi porti fuori di qui.

È passato un minuto e mezzo quando sento bussare alla porta.

"Gorgona?" Rimango attaccato alla porta come se la voce di Ondina stesse per trasportarmi fuori da questo spazio.

"Sì, sì, sono io, eccomi, aprimi per favore."

"Non ho una chiave, ma dammi un minuto", dice, dentro di me apprezzo che ci sia ancora un po' di affetto per me.

"Sì, certo, sì, ma per favore sbrigati."

"Calmati, gli altri sono già al secondo piano, nascosti, Silfide sta guardando le scale, io e te saliremo al secondo piano quando saranno pronti, come previsto."

"Sbrigati, per favore," la affretto, ascoltando i rumori che fa quando scassina la serratura. La porta finalmente si apre.

"Grazie! Grazie mille, Ondina!" Esco e le cammino accanto, il discorso di Lola è a pochi secondi dall'inizio. Ci mescoliamo con gli ospiti.

"Saliremo le scale a sinistra, che è dove si trova Silfide, se tutto va bene non avrete bisogno di usare nessuna arma" spiega riferendosi al fatto che non sono riuscita a prendere la pistola, sono ancora nervosa, sono completamente confusa. Sul balcone del secondo piano, guardando in basso c'è Lola, alla sua sinistra Romano e alla sua destra Ramón de Barbe, accanto a lui, Alex sorride apertamente.

"Per favore, tutti in posizione per l'inno nazionale di Toot", ordina Luis Romano con la sua voce potente, tutti alzano il braccio sinistro con il pugno chiuso fino a quando non è all'altezza delle proprie guance, indica forza e marzialità, è Il saluto militare di Toot. Lo facciamo anche io e Ondina mentre scivoliamo tra gli ospiti, cantando distrattamente insieme a tutti l'inno di questo paese.

"Toot, nazione blu-nera, economia, milizia e potere!

Toot, l'intera nazione va, in cima, alla conoscenza!

Toot, nazione blu-nera di campi freddi, laghi profondi

e montagne marroni al tramonto!

Nazione, economia, saggezza e potere troppo indipendenti e in crescita!"

Il canto generale finisce e gli ospiti abbassano le braccia.

"Ascolteremo con rispetto le parole della dottoressa Lola Teheran, Presidente della nazione libera e indipendente di Toot", la voce di Luis Romano precede un grande applauso, che Lola silenzia con un solo gesto della mano.

"Cari cittadini, è per me un grande onore poter assistere al galà offerto questa sera dal mio amico e fedele lavoratore, Ramón de Barbé, che, come tutti sappiamo, è il Direttore della Comunicazione del nostro Paese, nonché il capo di InterToot, la nostra rete cibernetica, di cui ora sono partner", lo indica Lola sorridendo, il pubblico applaude anche se con meno entusiasmo. Vedo tra la gente che Dora cerca Satiro con gli occhi, è angosciata e disperata. Lola chiude gli applausi per Ramón con lo stesso gesto e la stanza torna a tacere, "Ringrazio anche il capitano Luis Romano, la mia guardia personale ed Esecutore della Sicurezza della Nazione di Toot", Luis non sorride, si limita a chinare la testa, non verso le persone, ma verso Lola stessa. Il leggero applauso è soffocato dalla mano presidenziale, "ultimo, ma non meno importante, la mia eterna gratitudine e amore, all'elegante e disponibile Alex Zendejas, direttore delle Finanze e dell'Economia del nostro Paese, che ci accompagna anche in questa bella serata", conclude. Alex sorride e saluta gli ospiti. La sua popolarità è notevole per miglia; questa volta Lola deve fare un secondo gesto con la mano per calmare il pubblico.

Una volta che la stanza le concede il silenzio di cui ha bisogno per parlare, non sussulta all'improvviso, ma si passa una mano tra i capelli lisci e argentati, gesto caratteristico del presidente, e apre entrambe le braccia, imitando una posa messianica, che ovviamente è lungi dal descrivere una come lei.

"Miei cari connazionali, come ho detto in precedenza, una soddisfazione pura come il nostro whisky mi invade, essere qui, stasera, a presiedere", rimarca, Ramón la guarda e allarga il sorriso, evidentemente fingendo, "questo galà che è così importante per Ramón, e colgo l'occasione che mi dà per comunicare varie questioni," si schiarisce la voce e preme un pulsante sul suo Nexus, da cui viene proiettata una grafica simile a un ologramma, incorniciata in blu e nero.

"Questi sono i nostri numeri," continua, "per quanto riguarda la produzione di Whisky nell'attuale bimestre di lavoro," il suo gesto si incupisce per un secondo, "purtroppo, nonostante la nostra produzione sia aumentata" incalza un altro pulsante e viene proiettato il grafico, "Le nostre vendite e i nostri numeri sono ancora al di sotto di SyanL", dice infastidita, non posso fare a meno di sorridere, guardo in basso e continuo a camminare con Ondina tra gli ospiti, "LaGem e Kaoy continuano a importare Joan Megghia Whisky in primis e altri di SyanL, lasciando Asia Roost, il nostro miglior brand in un imbarazzante posto numero dodici!" esclama: "Dodici!" dalla folla si leva un mormorio di indignazione. Non so perché sono sorpresi, non sono numeri negativi per loro, soprattutto dopo aver compiuto ventitreesimo per più di cinquant'anni.

"Questa situazione", indica Lola e spegne la proiezione, "deve finire. Non ci stiamo impegnando abbastanza", le sue labbra, argentate come i suoi capelli, si muovono veloci, "Sono consapevole che questa è una festa, ma siamo persone di

Toot, non possiamo concederci troppo tempo senza pensare a cosa sia nel nostro miglior interesse," il mormorio degli ospiti è ora di approvazione, "non permetteremo a SyanL di avere la superiorità!" esclama, un forte applauso ora arriva dalla gente radunata, il momento è vicino, Lola sta per finire il suo discorso, "SyanL è una nazione di vagabondi vanitosi che pensano che il loro aspetto o il loro talento daranno loro tutto! Delonge non è altro che un modello attraente, un musicista frustrato, tutto ciò che fa è seguire come un agnello i suggerimenti della dannata Reneé Lobo!" C'è molto odio nella voce del Presidente, non sembra un disprezzo delle nazioni, ma qualcosa di personale, distinguo Silfide sulle scale. Ondina si mette da parte per farmi passare, sta bene, ha un'arma nascosta e mi guarderà le spalle.

"SyanL è un nido di topi!" Lola continua infuriata: "Una dannata città con una fortuna non servita!" lei accenna con entusiasmo. Poi succede, è Joshua che prende Lola da dietro, puntandole un goldgun500 alla tempia, Estirge fa lo stesso con Alex e Sátiro con Ramón, la cui faccia è pura paura. Drider minaccia l'ultimo dei leader di Toot, Luis Romano. Gli ospiti ululano per l'angoscia e la sorpresa. Riesco a vedere le guardie di Toot tra la folla, che le indicano, ma i miei amici hanno il sopravvento, una mossa e il loro presidente muore proprio qui, davanti ai loro occhi. Le guardie lo sanno, ma ancora non abbassano le armi.

"Non faremo del male a nessuno!" Joshua grida, "siamo qui per loro e per nessun altro", chiarisce, siamo vicini a Silfide, lei non ci guarda, indica il pubblico, chi fa il tentativo di scalare, "Non rischiare", insiste Joshua, "siamo venuti solo per loro!" grida, poi vedo il sorriso argentato di Lola, un sorriso che mi ricorda qualcuno, ma non ricordo bene, perché le parole che escono dalla sua bocca mi terrorizzano.

"Non credo, tesoro", dice, queste erano le parole che si aspettava Luis Romano che con velocità sfrenata si gira e in un secondo, in un terribile secondo che non potrò mai dimenticare, pugnala Drider nella torace.

Il suo sguardo è perso e non tornerà mai più.

"No!" Urlo, e me ne pento, ma la mia voce è coperta dal rumore del resto della gente quando iniziano i colpi.

L'unica cosa a cui penso è la ridicolaggine delle mie gambe, non avanzare alla velocità che vorrei, lui non può essere morto, Drider non può essere morto. Vedo come un pugno di guardie riesce a minacciare i miei amici nel mezzo della confusione che si è formata. Mi terrorizza vedere come una guardia trattiene Estirge e due di loro sono venute a portare via Silfide, lei riesce a sparare a uno di loro, ma l'altro la tiene stretta.

"Ondina!" Mi volto, la cerco tra la gente, lei mi si avvicina, al secondo piano le guardie stanno portando i miei amici, dobbiamo sbrigarci, dobbiamo salvarli, "Ondina, forza!" Insisto, comunque mi vede. Mi guarda come se fossi una donna morente in un letto d'ospedale. "Ondina, stai bene?" La prendo per le spalle. "Dobbiamo aiutarli! Adesso!", i suoi occhi continuano a fissarmi e, sorprendentemente, mi abbraccia.

"Cosa succede? Stai bene?"

"Non sono mai stata migliore", quando si separa, non vedo una faccia in lacrime, ma le sue mani puntate verso il mio viso, la pistola d'oro nelle sue mani è identica alla mia, sorride e parla, "e questa volta sono non imitando te, Gorgona, questa volta sono io quella che fa la differenza, questa volta sei la seconda ragazza, questa volta sei il personaggio secondario, questa volta..." il risentimento nella sua voce è quasi evidente, come se questo era il suo tono da quando l'avevo incontrata in quell'ufficio, cercando il fratello scomparso negli archivi SyanL, "questa volta la protagonista sono io," completa, guardo di traverso, non c'è nessuno in giro che possa aiutarmi, la gente corre e spingo, desiderosa di uscire, la guardo negli occhi, in essi vedo che sta per uccidermi, il suo sguardo dice che è capace di farlo, ha già ucciso prima, non è un problema per lei, ma ...

"Perché?" chiedo, nella mia testa ci sono tante immagini, Drider che muore, il sangue che scorre dal suo corpo, il bacio che ho condiviso con Estirge non più di mezz'ora fa, il discorso di Lola, i volti dei miei genitori, dei miei fratelli, scomparsi tanti anni fa.

Sto per morire.

"Non c'è una risposta a questo, almeno non una sola," spiega, "Te lo lascio immaginare, voglio che tu finalmente lasci questo fottuto mondo senza saperlo, quindi te lo immagini? non l'hai sempre messo in mostra? La tua immaginazione? Le tue idee?"

"Eravamo amici."

"Eravamo complici", corregge e mi avvicina l'arma al viso, "noi, l'Animalium sarebbe stato meglio senza di te, Jimmy sarebbe stato meglio senza di te!"

"Non chiamarlo per nome," sputo con tutto l'odio che posso.

"Lo chiamo come cazzo voglio! E tu non sarai più lì a fare niente! Sarei felice di ucciderti in questo momento, ma la mia parte dell'accordo è portarti a Lola."

"Che cosa?" chiedo incredula, "Lola?"

"Non sono l'unica che vuole la tua testa, anche se credimi che Lola non la vuole quanto me, comunque è lei che ha il potere, cammina!" lei mi ordina.

Ondina lavora per Lola, per Toot, come mai Dellonge non se ne è accorto? O Renée? Come? Sento la pistola d'oro sulla nuca mentre mi conduce in una stanza al secondo piano, non posso rischiare, se provo a disarmarla mi ucciderà, Ondina sarà anche una puttana, ma lo è abile.

"Spostare!" dice, prendendo a calci una porta mentre continua a indicarmi. Dentro, in piedi e in braccio, c'è ciascuno dei miei amici, tranne Drider, che giace ai piedi di Lola. La singola immagine mi fa venire voglia di vomitare e mi fa girare la testa. Davanti a loro, in piedi, Alex, Ramón e Luis, che a loro volta puntano contro di loro armi diverse.

"No!" grida Estirge quando mi vede: "No!" guarda Lola, disperato: "Non doveva essere cosi! Corina dovrebbe uscirne illesa, lasciala andare!", dice ancora Io ci sono, senza capire affatto.

"Scusatemi," risponde confusa e divertita allo stesso tempo, "come vedete, non sono io che l'ho minacciata e trattenuta, non sono io né nessuna delle mie guardie," Lola alza le mani innocentemente, tutto diventa più strano.

"Sei una puttana traditrice", borbotta Silfide, guardando Ondina, che non smette di indicarmi "Cagna invidiosa di merda!!" dice la mia amica, la guardia di Silfide la tiene più stretta, Lola ride e va da Estirge.

"La verità è che, non so perché Ondina abbia accettato di lavorare per me e di darmi la tua amata Gorgona," lo guarda e gli si avvicina, per un attimo credo che lo attaccherà, ma gli accarezza teneramente la guancia, "Penso che anche lei sia innamorata di te, tesoro," poi mi guarda, i suoi profondi occhi castani fissi su di me e prima che mi renda conto, capisco tutto, ricordo le parole pronunciate più volte da Estirge: "il segreto di mio padre è qualcosa che non posso portare via, anche se lo volessi".

"Devo sentirmi orgogliosa", continua Lola, "due belle ragazze innamorate di mio figlio," confessa infine. Tutti lo guardano stupiti, l'unico imperturbabile è Joshua, non l'ho mai visto sussultare.

"Questo non era l'accordo che avevamo!" Estirge finalmente urla.

"Non urlare contro di me, le maniere SyanL che tuo padre ti ha insegnato non funzionano su Toot", gli ordina,

Ramón ride. Le mie mani mi fanno il solletico, non volevo che nessuno morisse, ma in questo momento voglio schiacciarli tutti, Lola, Ramón, Luis Romano...Merda ! Drider è morto!

"E anche se sono orgogliosa," continua Lola, con la pistola in mano accarezza il viso di Estirge, no, non può essere, non lo farebbe, non gli farebbe del male, è sua madre, "che tu sono un giovane così attraente, così desiderato, coraggioso e con tanta passione," guarda Ondina e poi me, i suoi occhi così simili a quelli di Jimmy mi fanno deglutire a fatica, mi vengono le vertigini, la fine sta per arrivare, Sono spaventata.

"Non mi piace…" continua Lola seccata, "una di loro è invidiosa e traditora!, è un peccato!" Lola sorride e punta la pistola contro Ondina, che non ha il tempo di reagire , "Addio cara", dice Lola poco prima di spararle. Rimango paralizzata per un momento, poi provo a prendere la sua arma "Non ti muovere!" Lola indica, alzo le mani sopra la testa e la guardo, poi il mio sguardo cade su Ondina, la vedo, e anche se ha gli occhi ancora aperti, so che è morta. Non c'è sangue versato, lo scatto di Lola è di un'esperta totale, ma non è questo che cattura la mia attenzione, non è l'assenza di sangue, ma la presenza di una parola sul braccio di Ondina, un tatuaggio che non avevo mai visto prima: *Diego* .

Deglutisco, Lola ride e continua la sua conversazione con Estirge, indicandomi ancora.

"Ti ringrazio, figliolo, mi hai dato gli elementi necessari per mostrare al Congresso Mondiale della Pace, il pezzo di merda che è Delonge. Tu, mio bellissimo figlio, mi hai portato queste stronzate, ed è più di quello che potevo chiedere... è più di quello che avrei mai potuto chiedere a tuo padre," Gli occhi di Lola guardano in un passato che è lontano, un passato non in Toot, ma in SyanL, "quell'uomo debole, con il suo lavoro mediocre nell'azienda di Joan Megghia.." ride, "si aspettava che io rimanessi lì, in quella città di mattoni Sy4 per vedere come sarebbe marcia la mia vita", lei spiega "riesci a immaginare?" guarda Estirge e gli carezza il viso, come chiedendosi come sono stati gli anni della sua infanzia, quelli che le sono mancati: "Se fossi rimasta con tuo padre, oggi non sarei il presidente di un Paese!, Sarei la vedova putrefatta senza nessun altro desiderio che bere un bicchiere di whisky ogni tanto, e che nel caso di essere sfuggita indenne al crimine che regna in SyanL," Lola si avvicina a Sátiro, posando il viso al millimetro, "Sappiamo che è un nido di topi e gangster, giusto? Lo sai per esperienza, caro, tuo fratello era uno di loro", dice mentre gli dà un bacio veloce sulle labbra. Silfide si muove al suo posto, desiderando scrollarsi di dosso l'alta guardia oscura che la tiene. La lotta attira l'attenzione di Lola, "che disgrazia vivere a SyanL", continua, rivolgendosi ora alla mia amica, "tra la spazzatura e la solitudine", dice, fissandola, "Ma!" ride, con le braccia copre tutto l'ufficio, "adesso sono qui, con la mia gente!" indica Ramón, Alex e Luis, "è un peccato, amore mio" dice a suo figlio, "che sei nato a SyanL, ed è ancora peggio che il tuo inutile padre ti ha educato" confessa Lola, "ma ora sarà tutto diverso", si gira e vedo che la sua arma è puntata su di me. Lei sorride e non voglio che il suo viso sia l'ultima immagine nella mia testa prima di morire, quindi rivolgo gli occhi a Jimmy, il suo viso nella mia mente è l'unica cosa che voglio portare via da questa terra.

"No!" grida, colpendo la guardia che lo trattiene, Lola indietreggia e Luis Romano la protegge, approfitto dello smarrimento per togliere l'arma dalle mani inerti di Ondina, senza pensare, sparo a Romano, prima che possa attaccare Estirge, io tengo impugnando l'arma e vedo come Satiro e Silfide hanno fatto perdere il controllo alle rispettive guardie.

"Ramon!" Lola grida, cerca di fermare Sátiro, ma Joshua gli spara e il corpo pesante di Ramón de Barbé cade morto, il suo sangue copre la pulizia della sua stessa casa. Alex è l'unico che è ancora in piedi, accanto a Lola, entrambi indicano i miei amici, che non si muovono più, lo sanno: una mossa e Alex oppure Lola spareranno senza pietà. La mia mano tremante tiene la pistola, puntata verso Lola, le sue labbra non più argentate, ma rosse, macchiate di sangue schizzato. La sua arma non è puntata su di me, non su Satiro, Silfide o Joshua, ma su di lui: Jimmy, suo figlio.

"Non sono sorpresa!" grida Lola, isterica, rompendo la calma momentaneamente ritrovata, Jimmy respira ferocemente, indicandola anche, "produttori di whisky, alcol, ostacoli le persone perché ti piace farlo, sei violento per natura", lo sguardo di Lola attraversa noi e il suo gli occhi marroni proiettano odio e risentimento, come le sue parole.

"No," dico, quasi sottovoce e ricordo mio nonno, che beveva il suo whisky pomeridiano con papà, lo ricordo sulla sua sedia verde, con i suoi piedi stanchi e un orgoglio che ero troppo giovane per capire, un orgoglio per il suo paese, orgoglio della tranquillità di aver lavorato una giornata intera, senza fare del male a nessuno, "l'alcol non genera violenza", continuo ad alzare la voce, "il whisky non lo genera, comunque ti incoraggia a tirar fuori tutto che porti dentro, come in te, Presidente" dico, ma non mi capisco, non so qual è il senso della mia risposta.

"Tipica ragazza ricca di SyanL", risponde, "difende l'indifendibile, sostenendo un vizio che il tuo Paese si dedica a motivare," esclama e guarda suo figlio, "è questa la persona che ti ha fatto innamorare? un orfano di ceto alto che..."

"Non sono un orfano!" Tengo il fucile d'oro dominando il tremore della mia mano, "la mia famiglia... non sono morti..." sussurro con voce appena percettibile.

"Oh, ma lo sono," risponde abbassando la pistola, non so perché lo fa, "proprio come lo è il fratello di Jair, o il padre di Jimmy," dice sorridendo, "proprio come lo sono i genitori di Adolfo e beh ..." lei lo indica, morto da diversi minuti, "proprio come lui adesso!" ride, senza mollare la sua arma e mi guarda avvicinarmi, non poso il mio fucile d'oro, non mi fido di lei.

"Sai cosa mi ha sempre sorpreso? I tuoi piccoli conflitti emotivi," guarda con vergogna Estirge, "e questo include te, figlio mio, così geloso di Adolfo, dell'amore che ha sempre mostrato per questa ragazza," mi guarda con disprezzo, "ed è già qualcosa che voi, e dico tutti voi, non capite: la somma di due solitudini o tre o quattro, non è amicizia, non è nemmeno amore, ma una solitudine ancora più grande, il duello che avete vissuto per tutta la vita porta caos e incertezza, che è ciò che sei diventata," Lola mi guarda e con quella durezza, mi sfida, "non mi sparerai mai, non oseresti uccidere l'unica famiglia che ha Jimmy," dice con certezza , sento lacrime fredde scivolare lungo entrambe le guance, mi sento senza speranza e per un momento ho il desiderio che la mia famiglia sia morta,

Abbasso lentamente la pistola e tra le lacrime vedo come Lola la alza e mi punta, è troppo tardi, quando il proiettile mi penetra nel corpo mi sento come se mi bruciasse la carne, solo per un secondo, poi cado sul terra e non ho controllo su niente, né sulle mie gambe, né sulle mie mani, né sulla mia vita.

Per favore, che l'addio non faccia così male, per favore, che non faccia così male.

ESTIRGE

Tutto accade molto velocemente, forse sarà l'ultima volta che le cose accadono a questa velocità, senza di lei, senza Corina, so che la mia vita sarà lenta, avrà la calma che c'è nelle profondità di ogni oceano abbandonato.

Alex Zendejas era quello che avrebbe dovuto ucciderla, questo era il piano, il nostro ultimo alibi. Lo vedo alzare il braccio armato per porre fine una volta per tutte alla vita di Lola Teheran, ma la mia rabbia è più grande, il mio urlo equivale al suono della mia arma, del proiettile d'oro, colorato come un whisky dipinto di ghiaccio che penetra nella testa di mia madre. Lascio cadere la pistola d'oro e cado anch'io in ginocchio. Scatta l'allarme: il presidente di Toot è morto.

"È tempo!" grida Alex, "vai!, il jet ti sta aspettando!" Sento le mani di Joshua e Satiro che cercano di tirarmi su, Silfide prende un paio di pistole d'argento mentre le lacrime le gocciolano dal viso. Non voglio andare, non voglio un corpo, non voglio niente.

"Estirge!" Joshua mi prende in braccio, "lasciala, voleva che tu vivessi. Capisci? La sua più grande paura è stata vederti morto," Lascio che Joshua mi guidi fino al balcone, il rumore del jet mi trafigge nel peggiore dei miei incubi.

"Dì a mamma che comunicherò presto, abbiamo vinto", riesco a sentire le parole di Alex a Joshua, ma non gli do importanza, non capisco, i miei occhi non possono essere distanti da Corina, che si sdraia terra, a un paio di metri da me. La debolezza mi viene all'improvviso e una volta sull'aereo, piango in silenzio, sguazzando nella solitudine che mi accompagnerà per il resto dei miei giorni.

***

Riguardo al processo, ricordo poche cose e solo in parti isolate: l'abito grigio di Daniel Delonge, la sobrietà dell'aula in cui si è svolto. È stato un processo privato, come tanti che si svolgono al SyanL. Daniel e Reneé davanti a me, accanto a me il Procuratore del Consiglio Mondiale per la Pace, e in un'altra sezione, Alex Zendejas che si dichiara a mio favore.

"Jimmy Atkint Teheran, innocente", il pubblico ministero mi guarda con un sorriso, non per me, non per la mia libertà acquistata, non per tutto ciò che riguarda il resto di noi. Sicuramente presto dimenticherà i nostri volti. Non ha motivo di ricordarli. Daniel Delonge e Reneé gli hanno assegnato azioni di Joan Megghia, questo in cambio della nostra innocenza. Chino leggermente la testa e lo lascio continuare, "Dulce Corr Yanz", guarda Silfide che, vestita completamente di nero, come me, annuisce.

"Innocente", dice, lei sorride e il pubblico ministero le fa l'occhiolino. Sono disgustato da questo vecchio decrepito e sono disgustato di far parte della sua corruzione.

"Jair Abella Tatchert", guarda Satiro, che a sua volta attende un verdetto che tutti conosciamo, "innocente".

"Grazie mille procuratore Ioshima", parla Reneé con la sua solita autorità. Il pubblico ministero sorride.

"Non c'è nulla di cui essere grati, a nome del Consiglio Mondiale della Pace, apprezzo la sua ospitalità, Presidente Delonge, Esecutore testamentario", fa una leggera inclinazione, desideroso di rivedere gli importi delle azioni che sono state concesse, "Presidente Alex Zendejas, apprezziamo la tua collaborazione in questa corte, ti auguro buona fortuna e successo nella tua occupazione nella prospera nazione di Toot."

"Procuratore, sono lusingato", risponde Alex, "le ricordo il mio invito per gli audit che sono necessari nel mio Paese", conclude.

"Grazie procuratore, tutto qui", taglia Reneé, prima che il pubblico ministero continui con le sue lusinghe. Sembra ricevere il messaggio e lascia il posto, portando con sé le sue nuove azioni.

"Vorrei avere una conversazione privata, se non ti dispiace, Alex", dice Delonge. Il nuovo Presidente di Toot sorride ampiamente.

"Da questa parte", indica Reneé, indicando la strada per l'ufficio di Daniel Delonge che si collega al soggiorno. I tre entrano da una porta dopo aver digitato una password ed è Reneé che si gira momentaneamente verso di noi, come se ricordasse che siamo ancora qui.

"C'è qualcuno che vuole parlare con voi, aspettate qui", ordina ed entra nell'ufficio, seguendo Delonge e Zendejas. Attraverso la porta da cui è uscito il procuratore Ioshima, Joshua entra, vestito con un abito blu scuro, i suoi capelli ora tagliati corti.

"Guarda chi si è degnato di apparire," commenta Satiro avvicinandosi, abbracciandolo.

"Avevo degli affari in sospeso che non vedevano l'ora", sorride Joshua.

"Ti sei perso il nostro processo," dice Silfide, baciandolo sulla guancia.

"Mi dispiace, ma ho sentito dallo stesso Ioshima che c'è stato spazio solo per un trio di angeli."

"Come mai non ti hanno processato?" chiedo, guardandolo, in qualche modo, sembra che sia la prima volta che lo vedo.

"È semplice, il mio cognome è Lobo", ci ricorda. Ed è vero. Lui è Joshua Lobo, figlio di Reneé Lobo, non è mai stato a Toot più che per visitare suo fratello, il nuovo Presidente di Toot, Alex Zendejas Lobo. Il suo nome non compare in nessun file, non è affatto coinvolto.

"È divertente," dico, "indossi con orgoglio il tuo cognome materno, cosa che non potrò mai fare," rido con riluttanza e sento che tutto fa di nuovo male. Joshua mi dà una pacca sulla spalla ed è tutto ciò di cui ho bisogno per sentire la sua solidarietà.

"Il motivo per cui sono qui è una questione ufficiale," comincia Joshua, parlando seriamente, "Daniel Delonge vi ha offerto un posto nel suo governo," annuncia, "a voi tre. Vuole che tu diventi vice capi della sicurezza nel gabinetto ufficiale di SyanL."

"Veramente? Non può essere vero," risponde Silfide, incredula.

"Ho i vostri contratti proprio qui", risponde Joshua, tirando fuori un Nexpad, pronto a ricevere le nostre impronte digitali.

"Siamo assassini" osserva Satiro, "sebbene Ioshima abbia tenuto la bocca chiusa in cambio di una manciata di azioni, ciò non cambia il fatto e Delonge lo sa".

"Esattamente, ed è esattamente ciò di cui ha bisogno, ciò di cui ha bisogno SyanL. Giusti assassini, travestiti da politici corrotti", spiega, "Delonge riconosce che il piano generale è stato semplicemente progettato da te, Jimmy. Sa che fare il doppiogiochista con tua madre è qualcosa che poche persone osano fare. Hai difeso ciò che amavi, Corina, e ciò che rispettavi, SyanL. Conoscevi il rischio di dire a Lola che le avresti consegnato l'Animalium per incriminare Delonge con il solo scopo di raggiungerla e guadagnarti la sua fiducia... quelle sono parole più grandi che nemmeno la stessa Reneé avrebbe potuto disegnare", dice guardando nei miei occhi. Ogni sua parola fa male. Le menzioni di Corina e di mia madre mi hanno ferito.

"Abbiamo un file", inizia Silfide, "un file di grandi dimensioni" Joshua le mostra il documento sul NexPad.

"Metti qui la tua impronta digitale e considera quel file cancellato."

"Cosa sta cercando Delonge in cambio?" chiedo alla fine. In SyanL nessuno ti dà niente solo perché si, mi è stato chiaro, tutto ha un prezzo.

"Niente" risponde Joshua, "c'è solo una condizione", dice, "nel momento in cui il tuo file viene cancellato, Satiro, Silfide ed Estirge, muoiono con esso, non abbiamo bisogno di loro, abbiamo bisogno di Jair, Dulce e Jimmy".

***

La voce di Jair mi sveglia all'improvviso. Mi strofino gli occhi e nonostante dorma meglio, ci sono ancora momenti della giornata che mi pesano. Le sei del pomeriggio è una di queste.

"Siamo fuori", mi annuncia attraverso il Nexus.

"Un secondo," rispondo alzandomi. Mi sfrego di nuovo gli occhi e un'immagine sfocata nello specchio diventa chiara: io.

Una volta ho letto che le persone si vestono di nero per il lutto perché il loro umorismo non permette loro di avere il coraggio di scegliere un abito particolare. È vero, basta avere un'anima spezzata per aggiungervi tribolazioni assurde. Lo specchio si abbina e riflette la tristezza del mio vestito. Mi avvicino alla vetrina e prendo una piccola e costosa bottiglia da 500 millilitri di Joan Megghia. Acqua di vita, per me non sarà mai più quella. Mi verso il whisky in un ampio bicchiere dorato. Quando il sapore della pioggia e del legno bagnato mi riempie la bocca, mi viene da piangere, ma non ci sono lacrime. Acqua della morte, sì, è più adatta. Metto la bottiglia nell'armadietto e lascio il mio appartamento. Jair, Dulce e Joshua mi stanno aspettando in macchina.

"Pronto?" Me lo chiede quando mi siedo sul sedile posteriore.

"Eccomi" rispondo con il gesto ovvio. Mi guarda interrogativo, so cosa intende. Annuisco, mentendo. Non sarò mai pronto a dire addio, anche simbolico, alla persona che mi ha stupito di essere così virtuosa, e che mi ha fatto amare come solo un bambino abbandonato ama.

"Reneé ha bisogno che tu vada al Security and Execution Building domani. Capisce la tua situazione, non devi ancora restare per lavoro, ma vuole presentarti allo staff", mi dice Jair. Annuisco, i suoi occhi azzurri mi interrogano nello specchietto retrovisore.

"Delonge ha detto che puoi prenderti tutto il tempo di cui hai bisogno", aggiunge la voce di Dulce.

"Domani mi presenterò al lavoro", annuncio, si guardano. "Sto bene e prima è meglio è", dico.

"Delonge ha detto che..." insiste Dulce.

"Domani sarò lì," concludo. Nessun altro dice una parola e in un paio di minuti siamo al cimitero di SyanL.

***

Quando Jair mi ha trovato in questo posto, lo ha fatto prendendomi in giro, mentre litigavo con mio padre morto, molti anni fa. Oggi mi hanno lasciato solo pochi istanti. Li vedo all'ingresso del cimitero, Jair tiene la mano di Dulce, entrambi intrattenuti nella conversazione di Joshua. Guardo la nicchia di Corina e parlo come quella volta che ho detto addio alla mia unica famiglia in questo stesso posto:

"Corina... non c'è una tomba per te, solo una nicchia con le ceneri che ci sono state inviate da Toot, la nicchia ha un piccolo serpente dentro, sai? Non sei dietro queste porte quindi non posso urlarti contro, non posso maledirti per avermi lasciato, come ho fatto con mio padre. A differenza di lui, tu non mi hai lasciato un segreto, ma un cuore vuoto. Si è svuotato quando ti ho visto cadere davanti ai miei occhi. E poi ho iniziato a sviare i miei pensieri, come sempre, come quando pensavo a te e quando mi innamoravo di te". Deglutisco per trattenere le lacrime e poi continuo:

"Tendo a eludere le cose, come un fottuto meccanismo di difesa, a differenza tua, l'esempio più bello che posso dare. Il tuo modo di mostrare quello che volevi e il modo in cui lo facevi... Com'è stato fantastico incontrare qualcuna come te. Ci tengo a te più di quanto pensi e più di quanto potrei mai dimostrare, eri una persona meravigliosa e lo dico con fermezza, anche se non ci sei più", guardo il serpente nella nicchia, piccolo, segnato, come quella che usava al collo, mostrando il suo simbolo.

"Ricordo l'ultima volta che qualcuno mi ha chiamato Jimmy, ho sempre fatto sapere a tutti che non mi piace essere chiamato in quel modo. Ancora non mi piace, lo sento molto personale. Ma non mi è mai importato che tu lo facessi così". Ricordo la sua voce che diceva il mio nome con sentimenti diversi.

"Solo così posso abituarmi alle persone che mi chiamano Jimmy, in quel modo innocente, non in un altro modo. Era un *Hey, va tutto bene...* è così che voglio che suoni, come te, perché con te è andato tutto bene, anche i momenti peggiori, anche se eravamo persone cattive, tutto accanto a te... è stato fantastico"

Il cielo si sta rannuvolando e mi fa male sapere che il tempo ora corrisponde ai miei sentimenti.

"Corina... lo so che stai bene, vero? da un'altra parte dell'universo, in un altro posto che non riesco nemmeno a immaginare, ma so che lo sei, e che sebbene nulla sia stato come avremmo previsto, sono qui per dirti addio, ma non come se nulla avrebbe è successo, non senza promettere che tornerò qui, per parlare con te e sentire che mi ascolti, che mi vedi ancora".

***

Sono uno sciocco. Ci penso mentre apro la porta del mio appartamento. Essere geloso del fatto che le nicchie di Adolfo e Corina stiano insieme è assurdo anche per me. Guardo fuori dalla finestra verso un SyanL che riceve le prime gocce di pioggia dalla stazione. I veicoli continuano la loro marcia, le persone lasciano il lavoro, si comprano whisky e si bevono.

È il modo sensato per chiudere una giornata o un ciclo , con un bicchiere di whisky. Mi giro verso l'armadietto mentre il pomeriggio avanza a una velocità che sembra mettermi fretta.

Un'ondata di freddo percorre il mio corpo quando prendo tra le mani la bottiglia, che ho preso prima di partire per il cimitero. Lì, sul collo, c'è la collana del serpente che usava Gorgona. Lo sento, lo avvicino al naso: odora di whisky. Ho le vertigini, non capisco. Tiro fuori la pistola d'oro dalla tasca, qualcuno deve aver lasciato questo. Registro rapidamente il mio reparto.

Nessuno.

Il telefono squilla e mi spaventa.

ADRIANA TORRES ARREGUIN

Adriana Torres Arreguin è una scrittrice messicana la cui opera

letteraria è iniziata nel 2013, con la pubblicazione di *"Su*

nombre significa promesa" (Il suo nome significa promessa), che

è stato il suo primo libro. Ha scritto *Agua de Muerte* nel 2015,

poco prima della nascita del suo primo figlio, tuttavia questo

non è il suo primo romanzo. Nel 2013 e nel 2016 pubblica i suoi

primi lavori, entrambi dedicati al mondo adolescenziale. *Agua*

de Muerte si concentra anche sull'attrazione dei giovani, ma

anche dell'occhio adulto.

"L'acqua della morte" è il suo primo romanzo tradotto in

lingua italiana.